作　山下みゆき
絵　ゆの

朝顔のハガキ

夏休み、ぼくは「ハガキの人」に会いに行った

朝日学生新聞社

朝顔《あさがお》のハガキ

夏休《なつやす》み、ぼくは「ハガキの人《ひと》」に会《あ》いに行《い》った

目《もく》次《じ》

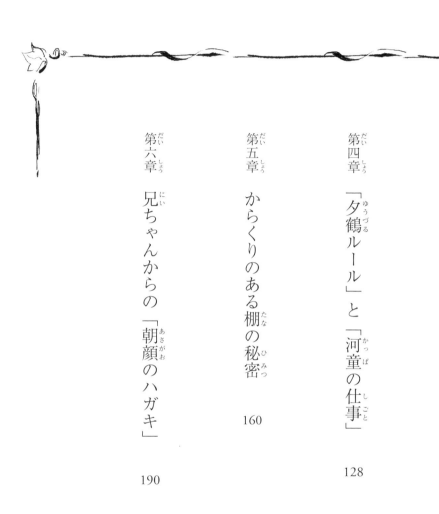

第《だい》一章《しょう》　夏《なつ》が来《く》ると届《とど》くハガキ

【山口誠矢《やまぐちせいや》】

五時間目《じかんめ》まで、警報《けいほう》が出《で》そうなくらいに雨《あめ》が降《ふ》っていた。
でも、今《いま》は、太陽《たいよう》が照《て》りつけてきて、目《め》を開《あ》けていられないほどまぶしい。
校門《こうもん》を出《で》ると、そばの木《き》で急《きゅう》にセミが鳴《な》きだした。
今年《ことし》の一番《いちばん》ゼミかもしれない。
あのハガキは、こういう日《ひ》に届《とど》くんだ。
夏《なつ》が来《く》ると、毎年《まいとし》、うちの郵便《ゆうびん》受《う》けに届《とど》く不思議《ふしぎ》なハガキ。
書《か》いてある文章《ぶんしょう》は、いつも同《おな》じ。

皆《みな》さん、お元気《げんき》ですか。

夏休《なつやす》みには、ぜひうちへ遊《あそ》びにいらしてください。

お待《ま》ちしております。


角《かく》ばった字《じ》で、右上《みぎうえ》のすみっこに寄《よ》せて、それだけ。

後《あと》は、ハガキいっぱいに、朝顔《あさがお》の花《はな》の絵《え》が描《か》かれている。

えんぴつで線《せん》を描《か》いた後《あと》に、水彩絵《すいさいえ》の具《ぐ》でうすく色《いろ》をつけただけの、簡単《かんたん》な絵《え》だ。

ポストに入《はい》っていた郵便物《ゆうびんぶつ》を、台所《だいどころ》のテーブルの上《うえ》に置《お》いておくのはぼくの仕事《しごと》になっている。だから、届《とど》いたハガキは、ぼくが一番《いちばん》に目《め》にすることになる。

あれは、この家《いえ》に来《き》て初《はじ》めての夏《なつ》だったから、たしか、小二《しょう》の時《とき》だった。

届《とど》いたハガキをばあちゃんに手渡《てわた》して、「きれいな絵《え》だね」みたいなことを、ぼくは言《い》った。

すると、ばあちゃんは「ふん」って鼻《はな》をならして、そのハガキを、びりっびりに破《やぶ》ってゴミ箱《ばこ》に捨《す》てたんだ。

ばあちゃんは普段《ふだん》でも、いらないチラシや、ダイレクトメールを乱暴《らんぼう》に捨《す》てる。

でも、破《やぶ》るなんてことはしない。

ぼくは、びっくりして聞《き》いた。

「読《よ》まなくていいの？」

たばこにボシュッと火《ひ》をつけると、ばあちゃんは、勢《いきお》いよく鼻《はな》から煙《けむり》を出《だ》しながら言《い》った。

「ああ、毎年送《まいとしおく》ってくるけど、ゴミだからね」

次《つぎ》の年《とし》の夏《なつ》、また、新《あたら》しい朝顔《あさがお》のハガキが届《とど》いた時《とき》、ぼくは、そのハガキをかくすことに決《き》めた。

ばあちゃんには見《み》せずに、自分《じぶん》の机《つくえ》の、カギ付《つ》きの引《ひ》き出《だ》しの中《なか》にしまったんだ。

それからもハガキは毎年届《まいとしとど》いた。

今《いま》、ぼくの机《つくえ》の引《ひ》き出《だ》しの中《なか》には、三枚《まい》のハガキがある。

小《しょう》三と、小《しょう》四と、小《しょう》五の夏《なつ》に届《とど》いたものだ。

小《しょう》三の時《とき》の朝顔《あさがお》は青色《あおいろ》、小《しょう》四の時《とき》は濃《こ》いピンク、小《しょう》五の時《とき》は、少《すこ》し縁《ふち》が白《しろ》い紫色《むらさきいろ》の花《はな》だった。

どれも、ふんわりして、やさしそうで、そして、ちょっとさみしそうに見《み》える。

小《しょう》六になった今年《ことし》は、四枚目《まいめ》のハガキが届《とど》くはずなんだ。

郵便受《ゆうびんう》けを早《はや》く見《み》たいから、水《みず》たまりをよけながら早足《はやあし》で帰《かえ》る。水《みず》たまりは、青《あお》い空《そら》を映《うつ》して、鏡《かがみ》みたいに光《ひか》っている。

家《いえ》が近《ちか》づいてくると、だんだん、体《からだ》が緊張《きんちょう》してくる。

二階《かい》の、兄《にい》ちゃんの部屋《へや》の灰色《はいいろ》のカーテンが見《み》えると、石《いし》を飲《の》みこんでしまったように息苦《いきぐる》しくて、あえぐような感《かん》じになる。

だけど、できるだけ急《いそ》いで歩《ある》く。

門《もん》にくっついている郵便受《ゆうびんう》けは、雨《あめ》にぬれていた。

滴《しずく》のしたたるフタを、そっと開《あ》ける。

カタン、と音《おと》がして開《あ》いた郵便受《ゆうびんう》けの中《なか》には、ハガキが一枚《まい》だけ入《はい》っていた。

見覚《みおぼ》えのある、角《かく》ばった字《じ》。

岩田初枝様《いわたはつえさま》って書《か》かれている。

絵《え》がある面《めん》が下向《したむ》きになっているから、急《いそ》いで裏返《うらがえ》す。

「え？」

変《へん》だった。いつもの朝顔《あさがお》の絵《え》が、描《か》かれていない。すみっこに、スイカと麦《むぎ》わら帽子《ぼうし》の絵《え》があるけど、それは最初《さいしょ》から印刷《いんさつ》してあるものだ。

でも、白井義一《しらいよしかず》っていう、差出人《さしだしにん》の名前《なまえ》は一緒《いっしょ》だった。

ハガキには、こう書《か》かれていた。

お元気《げんき》ですか。

四月に、妻《つま》(久子《ひさこ》)が亡《な》くなり、一人暮《ぐ》らしになりました。

夏休《なつやす》みに、ぜひ遊《あそ》びにきてください。

魚釣《さかなつ》りなら教《おし》えられます。


きっと、毎年《まいとし》ハガキに朝顔《あさがお》の絵《え》を描《か》いていた人《ひと》が、四月に亡《な》くなった「久子《ひさこ》さん」だったんだ。ぼくは朝顔《あさがお》の消《き》えたハガキを、何度《なんど》も読《よ》み返《かえ》した。

それで、大事《だいじ》なことに気《き》がついた。

「**魚釣《さかなつ》りなら教《おし》えられます**」

これって、このハガキを書《か》いた人《ひと》は、うちの家《いえ》に、男《おとこ》の子《こ》がいることを知《し》ってるってことじゃない?

ハガキを持《も》ったまま、できるだけ音《おと》を立《た》てないように、静《しず》かに家《いえ》の中《なか》に入《はい》った。

一階《かい》の一番奥《いちばんおく》に、ぼくの部屋《へや》がある。

ランドセルを下《お》ろしてすぐに、かくしておいた去年《きょねん》までのハガキを三枚出《まいだ》して、見比《みくら》べた。

毎年《まいとし》、差出人《さしだしにん》は「白井義一《しらいよしかず》」で、宛名《あてな》は「岩田初枝様《いわたはつえさま》」になっている。

ばあちゃんに届《とど》いているハガキなんだ。

第一章　夏が来ると届くハガキ

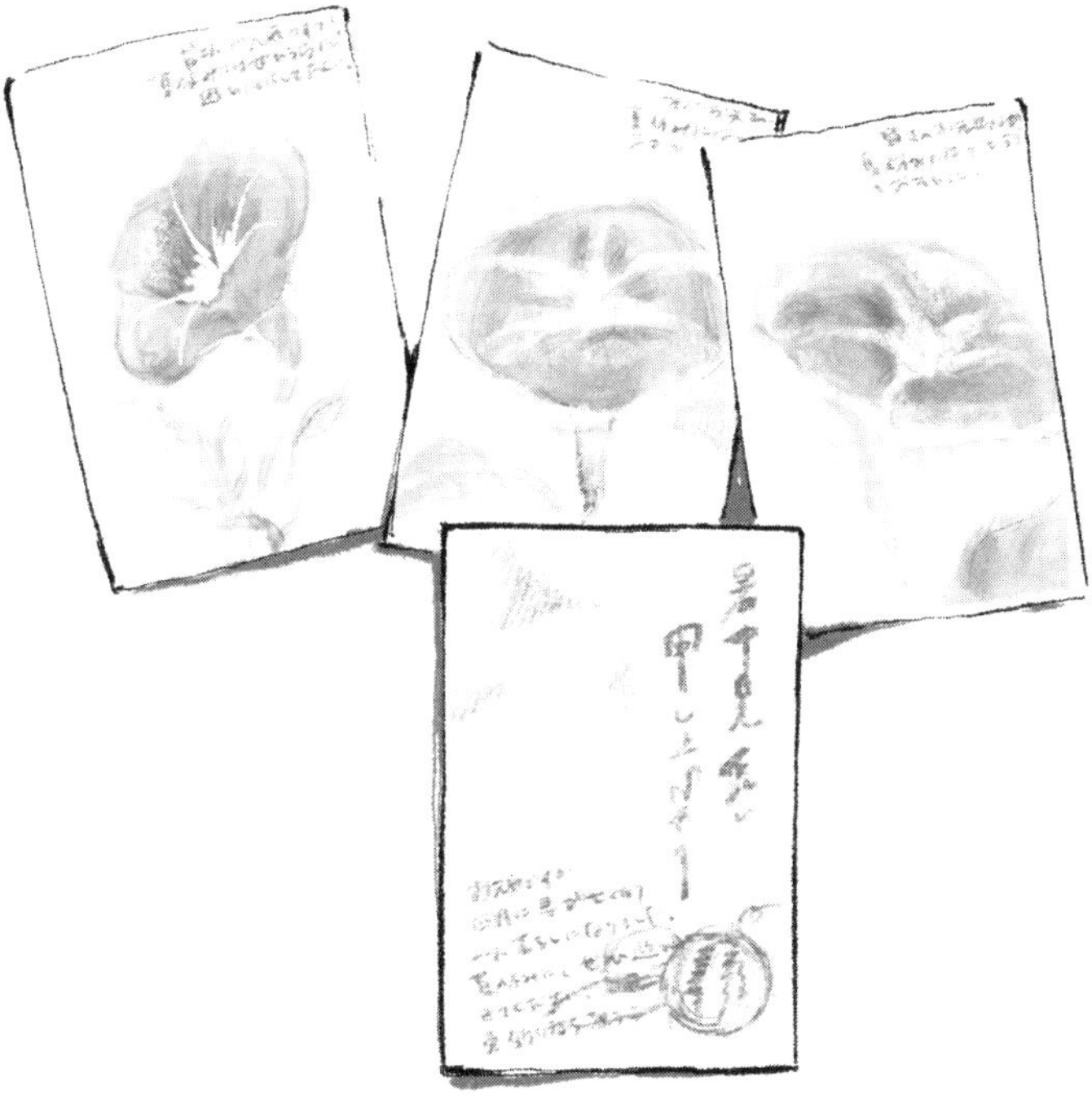

去年《きょねん》までの三枚《まい》には、届《とど》くたびに何度《なんど》も読《よ》んで、すっかり覚《おぼ》えてしまった同《おな》じ文章《ぶんしょう》が書《か》かれている。


皆《みな》さん、お元気《げんき》ですか。

夏休《なつやす》みには、ぜひうちへ遊《あそ》びにいらしてください。

お待《ま》ちしております。


でも、今年《ことし》は、ちがう。

奥《おく》さんが亡《な》くなったことと、一人暮《ぐ》らしになったこと。

それに、魚釣《さかなつ》りのことが書《か》かれている。

なんだろう。いつもより、もっと、気《き》もちがこもってる感《かん》じがする。

しかも、これ、ばあちゃん宛《あ》てになってるけど、この家《いえ》の男《おとこ》の子《こ》に来《き》て欲《ほ》しがっていると思《おも》う。

そうだ、これ、ぼくらに向《む》かって書《か》いてくれてるんだよ。

ぼくと……、兄《にい》ちゃんに。

「兄《にい》ちゃん」って思《おも》うと、また、おなかの辺《へん》がずしっと重《おも》くなる。

白井義一《しらいよしかず》って、誰《だれ》なんだろう。

書《か》いてある住所《じゅうしょ》は島根県《しまねけん》だ。

うちは、ぼくが小一《しょう》の時《とき》、父《とう》さんが病気《びょうき》で亡《な》くなった。

その後《あと》、すっかり元気《げんき》がなくなった母《かあ》さんと、兄《にい》ちゃんと、ぼくの三人《にん》で、この「ばあちゃんの家《いえ》」にやってきた。

だから、ばあちゃんの名字《みょうじ》は岩田《いわた》だけど、ぼくらは父《とう》さんの名字《みょうじ》だった、山口《やまぐち》のままなんだ。

知《し》っている親戚《しんせき》に、白井《しらい》っていう名前《なまえ》の人《ひと》はいないし、島根《しまね》に知《し》り合《あ》いがいるっていう話《はなし》も聞《き》かない。

ほんとに、誰《だれ》なんだろう。

ばあちゃんに聞《き》いたら、また、ハガキを破《やぶ》られる気《き》がする。

どんなに頼《たの》んでも、ばあちゃんはハガキの送《おく》り主《ぬし》が誰《だれ》なのか、絶対《ぜったい》に教《おし》えてくれないだろう。

ハガキの送《おく》り主《ぬし》を、「嫌《きら》いだ」っていうだけで。

ばあちゃんは、そういう人《ひと》だ。

誰《だれ》かのことを、一度《いちど》、「嫌《きら》いだ」って思《おも》ったら、ものすごく嫌《きら》いになるんだ。

ばあちゃんの体《からだ》の中《なか》には、「嫌《きら》い」がたくさんつまっている。

人《ひと》の悪口《わるくち》もいっぱい言《い》うし、一度《いちど》嫌《きら》いになった人《ひと》を、好《す》きになんか、絶対《ぜったい》にならない。

四枚《まい》のハガキを、トランプみたいに並《なら》べて持《も》って、ぼくは何度《なんど》も見返《みかえ》した。

朝顔《あさがお》の花《はな》の絵《え》は、シンプルだけど、丁寧《ていねい》に描《か》かれたものだって分《わ》かる。

遊《あそ》びにきてください、って書《か》いた字《じ》も、一文字《もじ》ずつ、すごくきちんと書《か》かれている。

「ばあちゃんは、教《おし》えてくれないだろうけど……」

ぼくは、部屋《へや》の天井《てんじょう》を見上《みあ》げて、考《かんが》えた。

今年《ことし》の夏休《なつやす》み、ぼくが、この「ハガキの人《ひと》」のところに行《い》くことは、できないだろうか。

ぼく一人で。

ちょうど、気《き》づいたところだったんだ。

ぼくは、この家《いえ》にいない方《ほう》がいいんだって。

この家《いえ》からぼくが消《き》えたら、きっと、よくなる。

今《いま》は、真《ま》っ暗《くら》な場所《ばしょ》に、ぎゅうぎゅうにつまって、ぐちゃぐちゃで、どうにもならないみたいになってるけど、ぼくが行動《こうどう》を起《お》こせば、何《なに》かが変《か》わる。

少《すこ》し前《まえ》に、山奥《やまおく》の一軒家《いっけんや》を見《み》つけて、取材《しゅざい》に行《い》くテレビ番組《ばんぐみ》を見《み》た。

おもしろい番組《ばんぐみ》だったから、学校《がっこう》でも先生《せんせい》が話題《わだい》にした。

その時《とき》、住所《じゅうしょ》さえ分《わ》かれば、パソコンでその場所《ばしょ》の航空写真《こうくうしゃしん》が見《み》られるって知《し》って、おどろいた。だってそれって、毎年届《まいとしとど》いているハガキの送《おく》り主《ぬし》の家《いえ》を、ぼくが、航空写真《こうくうしゃしん》で見《み》ることができるってことだから。

近《ちか》くにある駅《えき》も、見《み》つけられるはずだ。

一番近《いちばんちか》くの駅《えき》の名前《なまえ》が分《わ》かれば、そこまでどうやったら行《い》けるのか、調《しら》べられるんじゃないかな。島根県《しまねけん》だから、たぶん、新幹線《しんかんせん》に乗《の》ることになるだろう。

パソコンさえあったら……。

スマートフォンでもいいのかもしれないけれど、ぼくはもってないし、調《しら》べたことを、いつでも見《み》れるように紙《かみ》に印刷《いんさつ》して欲《ほ》しいから、やっぱりパソコンがいい。

大人《おとな》にごちゃごちゃ聞《き》かれず、自由《じゆう》にパソコンが使《つか》える子《こ》って、いないのかな。

【梶野篤史《かじのあつし》】

俺《おれ》は、山口誠矢《やまぐちせいや》とは全《まった》くからみがなかったんだ。

友達《ともだち》どころか、知《し》り合《あ》いですらなかった。

同《おな》じクラスになったことも、一度《いちど》もなかった。

今年《ことし》だって、あいつは六年《ねん》三組《くみ》で、俺《おれ》は二組《くみ》だ。

家《いえ》のある地区《ちく》も全然《ぜんぜん》ちがうし、帰《かえ》り道《みち》なんて、真逆《まぎゃく》だ。

そんな俺《おれ》でも、山口誠矢《やまぐちせいや》が、絵《え》がうまいやつだってことは知《し》っていた。

五年《ねん》の春《はる》に、遠足《えんそく》で牧場《ぼくじょう》に行《い》って、写生《しゃせい》をした。

絵《え》の具《ぐ》セットと弁当《べんとう》をもって、牛《うし》の鳴《な》き声《ごえ》を聞《き》きながら丸一日絵《まるいちにちえ》を描《か》くっていう、恐《おそ》ろしくのどかなイベントだった。

全員《ぜんいん》の絵《え》が、学校《がっこう》の廊下《ろうか》に張《は》りだされた時《とき》、あいつの絵《え》のところに、やたら人《ひと》が集《あつ》まっていた。

人《ひと》がいなくなってから、ちらっと見《み》に行《い》って、びっくりした。

遠《とお》くまで続《つづ》く、ポプラの並木《なみき》を描《か》いているだけだったんだが、異様《いよう》にうまいんだ。

見《み》ていると、心《こころ》の中《なか》にすーっと風《かぜ》がふいてくるような、不思議《ふしぎ》な絵《え》だった。

俺《おれ》は、かなり長《なが》いことその絵《え》に見《み》とれていた。廊下《ろうか》を歩《ある》く誰《だれ》かに小突《こづ》かれて、やっと我《われ》に返《かえ》ったくらいだ。

昼休《ひるやす》みに、その山口誠矢《やまぐちせいや》が、突然《とつぜん》、話《はな》しかけてきた。

わざわざ、俺《おれ》の教室《きょうしつ》に入《はい》ってきてだ。

「梶野《かじの》くんって、自分《じぶん》の部屋《へや》にパソコンある？」

こいつ、俺《おれ》の名前《なまえ》を知《し》ってたのか、というところにまずおどろいた。

まあ、俺《おれ》は学校《がっこう》では、いい意味《いみ》じゃなくて目立《めだ》ってるから、知《し》られていてもおかしくはない。

「え、あるけど」

俺《おれ》がそう答《こた》えると、山口誠矢《やまぐちせいや》は、ものすごくほっとした顔《かお》になった。

そうだな、朝《あさ》から個室《こしつ》のトイレをノックしまくって、やっと、空《あ》きを見《み》つけた！みたいな顔《かお》だった。

「こっそり調《しら》べて欲《ほ》しいことがあるんだ。家《いえ》に行《い》かせてもらえないかな。急《いそ》ぎたいんだ。できれば、今日《きょう》にでも、あっ、梶野《かじの》くんって習《なら》いごととかある？」

ずいぶん思《おも》いつめた様子《ようす》だった。

「こっそりって、エロいことか？」と、言《い》いそうになって、やめた。

とても、そんな冗談《じょうだん》を言《い》える雰囲気《ふんいき》じゃなかったから。

「あの時《とき》なんで、俺《おれ》に声《こえ》かけたんだ？」って後《あと》から聞《き》いたら、「なんか、パソコンをもってそうな顔《かお》してたから」と言《い》われた。

それ、どんな顔《かお》だよ、と思《おも》うんだが。

まあ、モテそうな顔《かお》じゃないよな。

山口《やまぐち》は、とてつもなく急《いそ》いでいるらしく、ランドセルを背負《せお》ったまま俺《おれ》の家《いえ》についてきた。ものすごい早足《はやあし》で「こっち？　こっち？」って確認《かくにん》しながら、先《さき》を行《い》くんだ。

俺《おれ》の家《いえ》なのに、ハアハアいいながら、俺《おれ》が必死《ひっし》に追《お》いかけていくことになった。

「よっ、ドラ野《の》！」

途中《とちゅう》、同《おな》じクラスのやつらが、俺《おれ》の頭《あたま》や背中《せなか》をばしばし小突《こづ》いていった。

「うえっ」

マジで痛《いた》いし、つんのめって、こけそうになる。どうにか踏《ふ》みとどまり、肩《かた》からずれたランドセルを背負《せお》い直《なお》す。

ドラ野《の》っていうのは、俺《おれ》のあだ名《な》だ。

体形《たいけい》がドラえもんっぽいという、それだけの理由《りゆう》らしい。

俺《おれ》は、一緒《いっしょ》に歩《ある》いている山口《やまぐち》に「大丈夫《だいじょうぶ》？」なんて、気《き》づかわれたくなかった。

だが、それ以上《いじょう》に、何《なに》も「見《み》なかった」ことにされたり、全《まった》く「気《き》づかなかった」ふりをされるのは絶対《ぜったい》に嫌《いや》だった。

だから、先手《せんて》を打《う》って、軽《かる》い感《かん》じで話題《わだい》にした。

「なあ、お前《まえ》、今《いま》ちょっと、俺《おれ》のこと、『かわいそう』って思《おも》っただろ？」

先《さき》を歩《ある》いていた山口《やまぐち》は、きょとんとして振《ふ》り向《む》いた。

「え、かわいそうって、何《なに》が？」

こいつ、本当《ほんとう》に見《み》ていなかったのか？

いや見《み》ていたはずだ。

あいつらが走《はし》ってきた時《とき》、こいつがさっと振《ふ》り返《かえ》ったのを俺《おれ》は見《み》た。

俺《おれ》はふう、と息《いき》を吐《は》いた。

それから、もっと、はっきり言《い》ってしまうことにした。

「俺《おれ》があいつらに小突《こづ》かれたの、見《み》てただろ。俺《おれ》、頭《あたま》でかいとか、ドラえもん体形《たいけい》とか言《い》われて、学校《がっこう》でひどい扱《あつか》いじゃん！」

山口《やまぐち》は、立《た》ちどまると、俺《おれ》の目《め》を真《ま》っすぐに見《み》た。

そして、すらすらと答《こた》えた。

「どっちかっていうと、あの子《こ》たちの方《ほう》がかわいそうだよ。梶野《かじの》くんって、大人《おとな》になったら、あの子《こ》たちよりまちがいなくえらくなると思《おも》うもん。梶野《かじの》くんは、たしかに頭《あたま》が大《おお》きいけど……、それは、脳《のう》みそがいっぱいつまってるからだよ」

「脳《のう》みそ、が……」

山口《やまぐち》がものすごく真面目《まじめ》な顔《かお》で、重々《おもおも》しくうなずくから、俺《おれ》は、思《おも》わず笑《わら》いだしてしまった。

「お前《まえ》、変《か》わってるなあ」

「そう？」

「変《か》わってるよ！」

すたすたと歩《ある》きだした山口《やまぐち》に合《あ》わせて、俺《おれ》もできるだけ急《いそ》いで家《いえ》に向《む》かった。

【山口誠矢《やまぐちせいや》】

学校《がっこう》で、家《いえ》にパソコンがあって、大人《おとな》に見《み》られずに使《つか》えそうな子《こ》を探《さが》した。

同《おな》じクラスにはいなかったけど、隣《となり》のクラスにいた。梶野《かじの》っていう子《こ》だ。

クラスが一緒《いっしょ》になったこともないし、しゃべるのも初《はじ》めてだった。

でも、「パソコンで急《いそ》いで調《しら》べて欲《ほ》しいことがある」って頼《たの》んだら、「いいぜ」って、気《き》もちよく引《ひ》き受《う》けてくれた。

学校《がっこう》の帰《かえ》りに、廊下《ろうか》で待《ま》ち合《あ》わせて、そのまま家《いえ》に行《い》かせてもらうことにした。

これで、朝顔《あさがお》のハガキの人《ひと》の家《いえ》が、どんな場所《ばしょ》にあるのか分《わ》かると思《おも》ったら、ものすごくほっとした。だって、もう、夏休《なつやす》みが始《はじ》まるまで、少《すこ》ししかなかったから。

梶野《かじの》くんの家《いえ》へ向《む》かう時《とき》、気《き》もちがあせって、ぼくは相当《そうとう》、早足《はやあし》になっていた。

梶野《かじの》くんは、いろいろ心配《しんぱい》してくれた。

「一回《いっかい》、家《いえ》に帰《かえ》った方《ほう》がいいんじゃないか、ランドセル置《お》いてから遊《あそ》びに行《い》けって、家《いえ》の人《ひと》に怒《おこ》られないか？」

「大丈夫《だいじょうぶ》！」

「俺《おれ》んち、校区《こうく》のはしっこだから、けっこう遠《とお》いぜ」

「平気《へいき》！」

梶野《かじの》くんが、ほとんど走《はし》るくらいのペースで、ぼくに合《あ》わせて歩《ある》いてくれているのに気《き》づいて、速度《そくど》をゆるめた。

「ごめん、頼《たの》んでる方《ほう》なのに、あせらせちゃって」

「いや、いい。なんか、分《わ》かんないけど、急《いそ》いで調《しら》べたいことがあるんだな」

そういえば、梶野《かじの》くんは、運動《うんどう》とか、走《はし》るのが得意《とくい》じゃないみたいだ。

一度《いちど》も同《おな》じクラスになったことがない、ぼくでも、そのことはよく知《し》っていた。

いつだか、体育《たいいく》の時間《じかん》に、鉄棒《てつぼう》で、前回《まえまわ》りの途中《とちゅう》で頭《あたま》が下《した》になったまま、全《まった》く何《なに》もできなくなって、他《ほか》の子《こ》たちに笑《わら》われているのを見《み》たことがある。

運動会《うんどうかい》の学年別《がくねんべつ》リレーの時《とき》も、ものすごく遅《おそ》かった。

頭《あたま》が大《おお》きいから、いろいろ難《むずか》しいんだと思《おも》う。脳《のう》みそがいっぱいつまった、大《おお》きな頭《あたま》をもっていて、運動《うんどう》も得意《とくい》なんて、無理《むり》なんじゃないかな。

ほんとに、たまたま声《こえ》をかけたんだ。

でも、声《こえ》をかけたのが、梶野《かじの》くんで、ぼくは本当《ほんとう》にラッキーだった。

【梶野篤史《かじのあつし》】

山口《やまぐち》に合《あ》わせて、急《いそ》ぎ足《あし》で家《いえ》に着《つ》いたら、俺《おれ》はもう汗《あせ》だくになっていた。

「ちょっ、ちょっと、待《ま》ってろ……」

息《いき》が切《き》れて、うまくしゃべれない。

ハアハアあえぎながら、うちの庭《にわ》に入《はい》り、でかい石《いし》の後《うし》ろにしゃがんで、山口《やまぐち》を手招《てまね》きした。

「お前《まえ》のランドセル、ここにかくしといてくれ」

ここなら、塀《へい》と石《いし》の間《あいだ》になっていて、家《いえ》の中《なか》からも見《み》えない。

「どうして？」

「うちの母《かあ》さんが、お前《まえ》のランドセルに気《き》づいたら、『いったん、おうちに帰《かえ》って、ランドセルを置《お》いてから来《き》てもらいなさい！』って言《い》うからだよ。『ご家族《かぞく》が心配《しんぱい》するでしょう』とか。俺《おれ》んち、そういうことに、うるさいんだ」

山口《やまぐち》は、「分《わ》かった」とうなずくと、紺色《こんいろ》のランドセルを下《お》ろした。

ランドセルのチャックの付《つ》いたポケットから、大事《だいじ》そうにハガキを一枚《まい》取《と》りだす。

山口《やまぐち》が、ランドセルをかくしたのを確認《かくにん》してから、俺《おれ》は、門《もん》のところに戻《もど》ってインターホンを押《お》した。

「ただいまー」

中《なか》から玄関《げんかん》のカギが開《あ》いて、つっかけに片足《かたあし》を突《つ》っこんだ母《かあ》さんが顔《かお》を出《だ》す。

「おかえりなさい、あら、お友《とも》だち？」

「ああ、山口《やまぐち》っていうんだ。あっ、入《はい》って入《はい》って」

「えっ、山口《やまぐち》くん……って、もう、おうちに帰《かえ》ってきたの？」

思《おも》った通《とお》りのことを母《かあ》さんが聞《き》いてきた。

「あっ、あの、えーと……」

山口《やまぐち》は全《まった》くウソがつけないタイプらしく、玄関《げんかん》に入《はい》ったところで、青《あお》ざめて目《め》をきょろきょろさせている。

まったく。後《うし》ろ暗《ぐら》いところがあるって、丸分《まるわ》かりだ。

母《かあ》さんはいまだに、俺《おれ》たちが、下校中《げこうちゅう》に寄《よ》り道《みち》したら迷子《まいご》になるって、本気《ほんき》で思《おも》っている。

低学年《ていがくねん》の子《こ》なら、真《ま》っすぐ帰《かえ》った方《ほう》がいい、というか、帰《かえ》りなさい。

中学年《ちゅうがくねん》でも、まあ、一回家《いっかいいえ》に帰《かえ》っとけ。

だけど、俺《おれ》たちはもう六年《ねん》だ。

うっすらヒゲが生《は》えてきたやつもいるような年《とし》なのに、心配《しんぱい》しすぎだ。

「大丈夫《だいじょうぶ》っ、帰《かえ》ったんだよ、帰《かえ》りました！　ほら、山口《やまぐち》、くつぬいで、そこの階段《かいだん》どんどん上《あ》がれよ、俺《おれ》の部屋《へや》二階《かい》だから」

俺《おれ》は、山口《やまぐち》を後《うし》ろから押《お》しまくって無理《むり》やり階段《かいだん》を上《あ》がらせ、部屋《へや》に連《つ》れこんだ。

「ふー、あっちいな」

部屋《へや》に入《はい》ってすぐに、パソコンとエアコンの電源《でんげん》を入《い》れた。

俺《おれ》の部屋《へや》は、いつもきれいだ。

毎日《まいにち》、俺《おれ》が学校《がっこう》に行《い》っている間《あいだ》に、母《かあ》さんが、ゴミ箱《ばこ》の中身《なかみ》から、机《つくえ》の上《うえ》の消《け》しゴムのかすまで、きれいに掃除《そうじ》してくれているから。

「調《しら》べたいって、そのハガキが関係《かんけい》してんのか?」

「うん」

山口《やまぐち》は、しばらく落《お》ち着《つ》かなそうに、俺《おれ》の部屋《へや》の中《なか》を見回《みまわ》していたけれど、ハガキを俺《おれ》に渡《わた》すと、一気《いっき》にしゃべりだした。

「ぼく、夏休《なつやす》みに、一人でこのハガキを送《おく》ってくれた人《ひと》のところに行《い》こうと思《おも》っているんだ。ばあちゃんの知《し》り合《あ》いらしいんだけど、どういう関係《かんけい》なのかは知《し》らない。ばあちゃんに聞《き》いても絶対教《ぜったいおし》えてくれない。そもそも、見《み》せたらハガキを破《やぶ》られる。この住所《じゅうしょ》の場所《ばしょ》が、どんなとこか調《しら》べたいんだ。パソコンがあれば航空写真《こうくうしゃしん》で見《み》られるんでしょ。あと、最寄《もよ》りの駅《えき》とか、この街《まち》からの行《い》き方《かた》も知《し》りたいんだ」

は?　なんだって、誰《だれ》なのか知《し》らない?

ばあちゃんがハガキを破《やぶ》る?

「まあまあ、ちょっと落《お》ち着《つ》いて、その辺《へん》に、座《すわ》れよ」

パソコンが、ブーンと音《おと》を立《た》てて起動《きどう》するのと、エアコンから冷気《れいき》が出《で》てくるのを待《ま》ちながら、俺《おれ》は声《こえ》に出《だ》してハガキを読《よ》んだ。

お元気《げんき》ですか。

四月に、妻《つま》（久子《ひさこ》）が亡《な》くなり、一人暮《ぐ》らしになりました。

夏休《なつやす》みに、ぜひ遊《あそ》びにきてください。

魚釣《さかなつ》りなら教《おし》えられます。


ひっくり返《かえ》してみると、宛名《あてな》のところに「岩田初枝様《いわたはつえさま》」とある。

「この、岩田初枝《いわたはつえ》って誰《だれ》？」

「うちのばあちゃん」

「じゃあこれは、ハガキを破《やぶ》るっていう、お前《まえ》のばあちゃん宛《あ》てのハガキなんだな」

「うん。でも、魚釣《さかなつ》りなら教《おし》えられますってあるでしょ。ばあちゃん宛《あ》てだけど、ぼくに向《む》けて書《か》いてくれていると思《おも》うんだ」

「あー、なるほどね」

差出人《さしだしにん》の名前《なまえ》は、白井義一《しらいよしかず》。

「しらい、ぎいち、じゃねえよな。よしかず、だろうな。住所《じゅうしょ》は島根《しまね》か、遠《とお》いな」

俺《おれ》は、急《きゅう》にうらやましくなった。

「一人で行《い》けたら、本当《ほんとう》に大冒険《だいぼうけん》だなあ。俺《おれ》、応援《おうえん》するぜ！」

【山口誠矢《やまぐちせいや》】

梶野《かじの》くんのおかげで、「ハガキの人《ひと》」のいる場所《ばしょ》がどんなところなのか分《わ》かってきた。

島根県《しまねけん》の、山奥《やまおく》だ。

「山奥《やまおく》だけど、近《ちか》くに図書館《としょかん》とか、スポーツセンターまであるな」

パソコンの画面《がめん》を指《ゆび》で差《さ》しながら、梶野《かじの》くんが言《い》った。

ハガキの人《ひと》の家《いえ》は、川《かわ》に沿《そ》った道《みち》のそばにあって、まわりは田《た》んぼだった。

航空写真《こうくうしゃしん》で上《うえ》から見《み》ると、家《いえ》は、三つの建物《たてもの》が組《く》み合《あ》わさるようにして建《た》っていた。

庭《にわ》も池《いけ》もあるかなり大《おお》きな屋敷《やしき》のようだ。軽《けい》トラックと白《しろ》い乗用車《じょうようしゃ》が置《お》いてあるのも見《み》えた。

それよりもびっくりしたのが、敷地《しきち》の端《はし》の建物《たてもの》に、青《あお》い文字《もじ》で「白井居合道道場《しらいいあいどうどうじょう》」っていう施設名《しせつめい》が出《で》たことだ。

「居合道《いあいどう》って何《なに》？」

梶野《かじの》くんは、それもすぐ調《しら》べてくれた。

「日本の古武道《こぶどう》だな。抜刀術《ばっとうじゅつ》ともいうらしい。刀《かたな》を使《つか》うけど、剣道《けんどう》みたいに、打《う》ち合《あ》いはしないみたいだぞ。座《すわ》った状態《じょうたい》から刀《かたな》を抜《ぬ》いて、襲《おそ》ってきた見《み》えない敵《てき》を相手《あいて》にいろいろやって、刀《かたな》をさやに戻《もど》すまで、全部《ぜんぶ》一人でやる武道《ぶどう》だって」

ちょっと心配《しんぱい》になってきた。

「白井道場《しらいどうじょう》ってことは、『ハガキの人《ひと》』が道場《どうじょう》をやっているってことだよね。行《い》ったら、ぼくも、やれって言《い》われるのかな」

「どうかな。でもまずは、魚釣《さかなつ》りさせてもらえるだろ。いいなあ。この川《かわ》、きっとすごくきれいだぜ。こういうとこ俺《おれ》も行《い》きたいなあ。俺《おれ》んち、田舎《いなか》の親戚《しんせき》が全然《ぜんぜん》いないんだよ。前《まえ》に、父《とう》さんと『日本の夏休《なつやす》み』っていうゲームやってさ、セミとったり、ぼーっと魚釣《さかなつ》ったりするだけのゲームだったけど、あれ、すげえ楽《たの》しかったなあ」

梶野《かじの》くんは、すごく頼《たよ》りになった。

航空写真《こうくうしゃしん》から最寄駅《もよりえき》を見《み》つけて、うちからその駅《えき》まで行《い》く方法《ほうほう》を、いろんなパターンで調《しら》べてくれた。ブラインドタッチっていうのかな、キーボードを全《まった》く見《み》ずに、すごい速《はや》さで文字《もじ》を打《う》って、知《し》りたいことをどんどん見《み》つけていく。

「遠《とお》いけど、新幹線《しんかんせん》と、高速《こうそく》バスを組《く》み合《あ》わせたら、意外《いがい》に早《はや》く着《つ》けるみたいだぜ」

調《しら》べたことを、最後《さいご》にまとめて、紙《かみ》に印刷《いんさつ》してくれた。

「ばあちゃんに破《やぶ》られてもいいようにな」って、プリンターで、ハガキのコピーまで取《と》ってくれた。

印刷《いんさつ》された航空写真《こうくうしゃしん》の家《いえ》を見《み》ながら、ぼくの決意《けつい》は、すっかり固《かた》まってきた。

絶対《ぜったい》に行《い》く。

ばあちゃんが、ハガキをびりびりに破《やぶ》いても、ぼくは、一人でここへ行《い》く。

お礼《れい》を言《い》って、梶野《かじの》くんの家《いえ》を出《で》た。

いろいろ分《わ》かったおかげで、はずんだ気《き》もちになっていたのに、自分《じぶん》の家《いえ》が近《ちか》づいてくると、やっぱり体《からだ》が緊張《きんちょう》してきた。

息《いき》をつめて静《しず》かにカギを開《あ》け、家《いえ》の中《なか》に入《はい》る。

音《おと》を立《た》てないように廊下《ろうか》を歩《ある》き、自分《じぶん》の部屋《へや》に入《はい》ると、やっと少《すこ》しほっとする。

机《つくえ》の前《まえ》に座《すわ》りこみ、カギ付《つ》きの引《ひ》き出《だ》しを開《あ》けて、また、かくしてある三枚《まい》のハガキを眺《なが》めた。

朝顔《あさがお》の花《はな》って、なんだか、人《ひと》の顔《かお》みたいに見《み》える。

「島根《しまね》に行《い》っても、もう、この絵《え》を描《か》いた人《ひと》には、会《あ》えないんだな。去年《きょねん》、亡《な》くなっているんだから……」

人《ひと》が亡《な》くなるって、大変《たいへん》なことだ。

一度《いちど》も会《あ》ったことがない人《ひと》なのに、絵《え》を見《み》ていると胸《むね》が痛《いた》んだ。

うちの父《とう》さんが亡《な》くなった時《とき》、ぼくは、小一《しょう》だったんだけど、本当《ほんとう》に大変《たいへん》だった。

ぼくの家《いえ》は、あそこで、一ぺん、世界《せかい》が終《お》わったみたいになったから。

机《つくえ》の引《ひ》き出《だ》しに、朝顔《あさがお》の絵《え》がある三枚《まい》のハガキと一緒《いっしょ》に、梶野《かじの》くんが印刷《いんさつ》してくれた航空写真《こうくうしゃしん》や、新幹線《しんかんせん》やバスの時刻《じこく》をまとめた紙《かみ》を入《い》れてカギをかけた。

ばあちゃんに話《はなし》をする時《とき》に見《み》せるのは、今年《ことし》来《き》た、絵《え》のない四枚目《まいめ》のハガキだけにするつもりだった。

亡《な》くなった人《ひと》が描《か》いた朝顔《あさがお》の絵《え》を、破《やぶ》らせたりはしない。

部屋《へや》を出《で》ると、ぼくは、また、そっとそっと歩《ある》いた。

できるだけ音《おと》を立《た》てないように、二階《かい》に上《あ》がり、ベランダに出《で》て、洗濯物《せんたくもの》をとりこむ。階段《かいだん》をゆっくりと下《お》りて、和室《わしつ》で畳《たた》む。

古《ふる》い木造《もくぞう》の家《いえ》だから、どんなに気《き》をつけて歩《ある》いてもぎいぎい音《おと》がする。

家族《かぞく》の服《ふく》を分《わ》けて、階段《かいだん》の下《した》に並《なら》べてあるそれぞれの箱《はこ》に入《い》れる。

ぼくは、晩《ばん》ごはんも作《つく》る。

お米《こめ》を炊飯器《すいはんき》にセットして、ニンジンと、ニラを刻《きざ》んで、ひき肉《にく》と炒《いた》める。

フライパンの中《なか》で、レトルトのマーボー豆腐《どうふ》のソースに、調味料《ちょうみりょう》をどんどん入《い》れていく。マーボー豆腐《どうふ》が辛《から》いので、砂糖《さとう》をたくさん入《い》れた、甘《あま》い、大《おお》きな卵焼《たまごや》きも作《つく》る。

全部《ぜんぶ》、兄《にい》ちゃんが教《おし》えてくれたんだ。

洗濯《せんたく》も家事《かじ》も、ずっと、ぼくは兄《にい》ちゃんと一緒《いっしょ》にやっていた。

ほんの、一か月前《げつまえ》まで。

でも今《いま》、家《いえ》の中《なか》は、シンと静《しず》まり返《かえ》っていて、ぼくはもう、息《いき》をするのも苦《くる》しい気《き》がしている。

突然《とつぜん》、玄関《げんかん》の引《ひ》き戸《ど》が、勢《いきお》いよく開《あ》けられる音《おと》がした。カミナリみたいに大《おお》きな音《おと》だ。

「ただいまー、帰《かえ》ったよー！」

ばあちゃんが、仕事《しごと》から帰《かえ》ってきたんだ。

静《しず》まり返《かえ》っていた家《いえ》が、いきなり騒々《そうぞう》しくなる。

ばあちゃんは、体《からだ》は小《ちい》さいけど、立《た》てる音《おと》はいちいち巨人《きょじん》みたいに大《おお》きい。

「おかえり」

「はいはい、帰《かえ》りました」

ばあちゃんは、着《き》がえて台所《だいどころ》にやってくるとテーブルに座《すわ》ってテレビをつける。

ビールを飲《の》むから、ぼくはコップを渡《わた》してあげる。

うちのテレビの音《おと》は、もともと大《おお》きいけど、CM《シーエム》のたびに、ものすごく大《おお》きくなる。

そのCM《シーエム》の音《おと》よりも大《おお》きな声《こえ》で、ばあちゃんは、二階《かい》にいる兄《にい》ちゃんのことを話《はな》す。

「流唯《るい》は、今日《きょう》も学校《がっこう》を休《やす》んだのかい！　もうひと月《つき》になるんだろう、あの子《こ》は一体《いったい》どうする気《き》なんだい！」

全部《ぜんぶ》、部屋《へや》にいる兄《にい》ちゃんに聞《き》こえていると思《おも》う。

ごはんとおかずを並《なら》べていると、母《かあ》さんも帰《かえ》ってくる。母《かあ》さんは、帰《かえ》ってきても静《しず》かで、玄関《げんかん》の開《あ》く音《おと》も聞《き》こえないくらい。

看護師《かんごし》なので、夜《よる》に出《で》ていくこともあるし、明《あ》け方《がた》に帰《かえ》ってくることもあるんだけど、いつも静《しず》かなので、家《いえ》にいるのかいないのか、よく分《わ》からない。

ばあちゃんは、二本目《ほんめ》のビールを飲《の》みながら、ニュースキャスターが話《はな》すことにいちいち文句《もんく》をつけつつ、たばこを吸《す》い始《はじ》める。

母《かあ》さんも、ぼくもたばこのにおいは大嫌《だいきら》いなんだけど、だまっている。

この家《いえ》は、ばあちゃんのお城《しろ》だからだ。

食《た》べた後《あと》の片《かた》づけは、母《かあ》さんがやってくれるから、いつもならぼくは、自分《じぶん》の部屋《へや》に引《ひ》っこむ。

だけど、今日《きょう》は、ばあちゃんに言《い》わなきゃいけなかった。

「ねえ、話《はなし》があるんだ」

ぼくは、学校《がっこう》の連絡帳《れんらくちょう》に、はさんでかくしておいたハガキを取《と》りだした。

それをばあちゃんの前《まえ》に、突《つ》きだして言《い》った。

「ぼく、夏休《なつやす》みになったら、この人《ひと》のところに行《い》くから」

声《こえ》がふるえていた。

「は、なんだって？」

「行《い》っていいでしょ」

ばあちゃんは、一瞬《いっしゅん》だまった。

でも、すぐに鬼《おに》みたいな顔《かお》になって、ぼくの手《て》からハガキをうばって、びりっびりに引《ひ》き裂《さ》き始《はじ》めた。

ばあちゃんは、何回《なんかい》も何回《なんかい》も、重《かさ》ねて細《こま》かく破《やぶ》った。

書《か》いてあることが、一文字《ひともじ》も分《わ》からなくしたいみたいだった。

ぼくは、もっとふるえる声《こえ》で言《い》った。

「破《やぶ》ってもだめだよ。他《ほか》にもハガキはあるし、コピーも取《と》ってあるんだから」

母《かあ》さんが、流《なが》しのところに突《つ》っ立《た》って、びっくりしていた。

「よく分《わ》からないけど、この人《ひと》、うちの親戚《しんせき》かなんかでしょう。毎年《まいとし》、遊《あそ》びにきてくださいって書《か》いてくれてる。去年《きょねん》も、一昨年《おととし》も、その前《まえ》の年《とし》も、ハガキは届《とど》いていたんだよ。ばあちゃんがそうやって破《やぶ》るから、ぼくがかくして取《と》っておいたんだ！」

ばあちゃんは、恐《おそ》ろしい目《め》でぼくをにらみつけて怒鳴《どな》った。

「お、お前《まえ》、何《なに》を言《い》ってるんだい。あたしは、絶対《ぜったい》に許可《きょか》しないよ！」

それまでは、怖《こわ》いと思《おも》っていたのに、「許可《きょか》しない」っていう言葉《ことば》を聞《き》いたとたん、ぼくは、もうれつに腹《はら》が立《た》ってきた。

何《なに》かをぶちまけたい、めちゃくちゃにして暴《あば》れてやりたい。

でも、後《あと》で片《かた》づけたり掃除《そうじ》したりするのは、母《かあ》さんかぼくなんだと思《おも》うと、何《なに》も考《かんが》えずに暴《あば》れるなんてできなかった。

「勝手《かって》なこと言《い》いだして、お前一体《まえいったい》、何様《なにさま》のつもりなんだ！」

ぼくじゃなくて、ばあちゃんの方《ほう》が暴《あば》れ始《はじ》めた。

我慢《がまん》ができない、小《ちい》さい子《こ》どもみたいだ。

雑巾《ぞうきん》や、ティッシュの箱《はこ》や、そこら中《じゅう》の物《もの》を、手当《てあ》たりしだいに投《な》げつけてくる。

「止《と》めたってだめだよ。ぼく、絶対《ぜったい》に行《い》くからね」

ぼくは、飛《と》んでくる物《もの》から頭《あたま》をかばいながら、自分《じぶん》の部屋《へや》へ逃《に》げこんだ。

その後《うし》ろから、ばあちゃんは、家《いえ》がびりびりふるえるくらいの大声《おおごえ》で叫《さけ》んだ。

「お前《まえ》がそんなこと言《い》うなら、こっちにだって、覚悟《かくご》があるよ！」

ひどいことになったのは、翌日《よくじつ》。

学校《がっこう》から帰《かえ》ってみると、玄関《げんかん》にばあちゃんの靴《くつ》があった。

仕事《しごと》を早退《そうたい》して家《いえ》にいるってことだから、その時点《じてん》でものすごく嫌《いや》な予感《よかん》がした。

そしたら案《あん》の定《じょう》、ぼくの部屋《へや》が泥棒《どろぼう》が入《はい》ったみたいに荒《あ》らされてたんだ。

本棚《ほんだな》の本《ほん》と、三段《だん》ボックスに入《い》れていたものが、全部《ぜんぶ》引《ひ》っぱりだされて、部屋《へや》の真《ま》ん中《なか》に積《つ》み上《あ》げられていた。

押《お》し入《い》れも開《あ》けられて、一番下《いちばんした》の古《ふる》くてカビ臭《くさ》い布団《ふとん》まで、引《ひ》きずりだされている。

「ばあちゃんが、残《のこ》りのハガキとコピーを探《さが》したんだ」

すぐに、机《つくえ》の、カギ付《つ》きの引《ひ》き出《だ》しを引《ひ》っぱってみた。

カギはかかったままだった。

「よかった」

ほっとした。

そのままぐったり座《すわ》りこもうとして、ぎょっとなった。本棚《ほんだな》の上《うえ》に置《お》いてあった、大《おお》きなポスト形《がた》の赤《あか》い貯金箱《ちょきんばこ》が消《き》えているんだ。

どこにもない。

でも、貯金箱《ちょきんばこ》は、別《べつ》にいい。あれには、一円玉《いちえんだま》しか入《い》れてなくて、お金《かね》は、かばんの中《なか》の財《さい》布《ふ》に入《い》れているから。

ところが、財布《さいふ》もなくなっていた。ちょうど、千円《えん》ちょっとしか入《はい》ってなかったから、それもかまわない。

問題《もんだい》は、貯金通帳《ちょきんつうちょう》だった。

こっちは、カギ付《つ》きじゃない、普通《ふつう》の引《ひ》き出《だ》しの中《なか》に入《い》れていたんだ。

だって、家《いえ》の中《なか》で、誰《だれ》がぼくのお金《かね》を取《と》るって思《おも》う？

小《ちい》さい頃《ころ》から、親戚《しんせき》からもらったお年玉《としだま》なんかを入《い》れていて、二十万円《まんえん》くらい入《はい》っていたんだ。

ハガキの人《ひと》のところに行《い》く時《とき》、切符《きっぷ》を買《か》うのは、そのお金《かね》を使《つか》うつもりだった。

お金《かね》を引《ひ》きだす時《とき》に必要《ひつよう》な「山口《やまぐち》」の印鑑《いんかん》は、台所《だいどころ》の引《ひ》き出《だ》しに入《はい》っている。

これまでも、ぼくはそれで、夏休《なつやす》みのキャンプ代《だい》だとか、彫刻刀《ちょうこくとう》や絵《え》の具《ぐ》セットの代金《だいきん》を、自《じ》分《ぶん》で引《ひ》きだして払《はら》っていた。

ぼくは、ばかだった。

どうして、お金《かね》を使《つか》えなくされることを心配《しんぱい》しなかったんだろう。

行《い》く先《さき》の場所《ばしょ》や、行《い》き方《かた》ばかり心配《しんぱい》して、お金《かね》を取《と》られるかもしれないってことを、全《まった》く考《かんが》えてなかった。

お金《かね》がなかったら、子《こ》どもなんて、一人ではどこへも行《い》けないのに。

冷《つめ》たい汗《あせ》が、どっと噴《ふ》きだしてきた。

引《ひ》き出《だ》しの取《と》っ手《て》をつかみ、思《おも》い切《き》って引《ひ》いた。

「やっぱり！」

通帳《つうちょう》がなくなっていた。

とたんに、ガチャッとドアが開《ひら》いた。

「あんたのお金《かね》と通帳《つうちょう》は、あたしが預《あず》かっておいたよ。子《こ》どもが、大金《たいきん》もってちゃ危《あぶ》ないからね」

開《ひら》いたドアの隙間《すきま》から、目《め》をぎらぎら光《ひか》らせた、ばあちゃんがのぞいていた。

ばあちゃんは、吐《は》き捨《す》てるように言《い》った。

「勝手《かって》なことはさせないよ。残《のこ》りのハガキとコピーとやらは、その、カギ付《つ》きの引《ひ》き出《だ》しに入《い》れてんのかい？」

「ちがうよ」

くやしくて唇《くちびる》がふるえてきて、それだけ言《い》うのが、精《せい》いっぱいだった。

切符《きっぷ》を買《か》うお金《かね》がなきゃ、住所《じゅうしょ》が分《わ》かっていてもハガキの人《ひと》のところには行《い》けない。

気《き》づいたら、ぼくは家《いえ》を飛《と》びだして走《はし》っていた。

セミがわんわん鳴《な》く、暑《あつ》い午後《ごご》の道《みち》を走《はし》りながら、涙《なみだ》があふれそうになってきた。うまくいきそうだったのに、自分《じぶん》だけの力《ちから》で何《なに》かを変《か》えられると思《おも》ったのに。足《あし》が、勝手《かって》に梶野《かじの》くんの家《いえ》の方《ほう》へ向《む》かっていた。「俺《おれ》、応援《おうえん》するぜ」って言《い》ってくれていた梶《かじ》野《の》くんの顔《かお》が浮《う》かんで、自然《しぜん》に足《あし》が向《む》いていた。

インターホンを押《お》したら、梶野《かじの》くんのお母《かあ》さんが出《で》てきて、びっくりされてしまった。泣《な》いてはいないけど、息《いき》があがっていたし、がんばっても、とても普通《ふつう》の顔《かお》はできなかったから。

梶野《かじの》くんもびっくりしていた。

梶野《かじの》くんの部屋《へや》で、気《き》もちを落《お》ち着《つ》けるのに、しばらくかかった。しゃべっても、泣《な》きださないで済《す》みそうになってから、なんとか話《はな》した。

「ばあちゃんに話《はな》してみたんだけど、お金《かね》と、通帳《つうちょう》を取《と》り上《あ》げられてしまって……。『ハガキの人《ひと》』のとこには、行《い》けない」

後《あと》で考《かんが》えたら、梶野《かじの》くんは塾《じゅく》のある日《ひ》だった気《き》がする。でも、梶野《かじの》くんも、梶野《かじの》くんのお母《かあ》さんも、どっちも「塾《じゅく》に行《い》かなきゃ」って言《い》わなかった。

ぼくがひどい状態《じょうたい》で駆《か》けこんでしまったから、落《お》ち着《つ》くまで待《ま》ってくれたんだ。

「山口《やまぐち》さあ、これからは、大事《だいじ》なものは、俺《おれ》んちにかくせよ。俺《おれ》んちは、母《かあ》さんが勝手《かって》にしょっちゅう掃除《そうじ》するけど、だまって捨《す》てたりはしないから。あ、そうだ、ちょっと待《ま》ってろ」

梶野《かじの》くんは部屋《へや》を出《で》ると、折《お》りたたんだダンボールを持《も》って戻《もど》ってきた。それを、慣《な》れた手《て》つきで箱《はこ》の形《かたち》に組《く》み立《た》てていく。

「その調子《ちょうし》じゃきっと、カギ付《つ》きの引《ひ》き出《だ》しも危《あぶ》ないぜ。ドライバーかなんかで、カギを壊《こわ》されるかもしれない。大事《だいじ》なハガキを入《い》れてるんだろう。明日《あす》の朝《あさ》にでも、うちに持《も》ってきて、ここへ入《い》れとけよ」

そう言《い》うと、組《く》み立《た》てた箱《はこ》に、マジックで「**山口《やまぐち》ボックス**」って大《おお》きく書《か》いた。

「いいの？」

「ああ、宝箱《たからばこ》をあずかってる気分《きぶん》で、俺《おれ》も楽《たの》しいよ」

それから梶野《かじの》くんは、お母《かあ》さんを部屋《へや》に呼《よ》ぶと、「**山口《やまぐち》ボックス**」と書《か》いたダンボール箱《ばこ》を見《み》せて言《い》った。

「今日《きょう》からこれを山口《やまぐち》の箱《はこ》にするから、絶対《ぜったい》さわらないで」

梶野《かじの》くんのお母《かあ》さんは、何《なに》も聞《き》かずに、「分《わ》かった」って言《い》ってくれた。

すごく心配《しんぱい》そうな顔《かお》でぼくを見《み》ていた。

「すみません、ありがとうございます」

うちには、ぼくのものを安全《あんぜん》に置《お》いておく場所《ばしょ》すらない。

迷惑《めいわく》をかけちゃうけど、梶野《かじの》くんの家《いえ》であずかってもらえるなら、三枚《まい》の朝顔《あさがお》のハガキだけは、なくさないでいられる。


ところが、間《ま》に合《あ》わなかったんだ。

梶野《かじの》くんと別《わか》れて、うちに帰《かえ》ってみたら、わずか二時間《じかん》くらいのうちに、ぼくの部屋《へや》では、もっと大事件《だいじけん》が起《お》きていた。

木《き》くずがいっぱい落《お》ちていて、ぼくの机《つくえ》がのこぎりで切《き》られていたんだ。

「マジで……、ここまでする?」

机《つくえ》は、ほとんど真《ま》っ二《ぷた》つになっていた。

カギ付《つ》きの引《ひ》き出《だ》しは、ばきばきに折《お》られて抜《ぬ》きだされ、たたみの上《うえ》に転《ころ》がっていた。

ぼくは、もうあきれて叫《さけ》ぶしかなかった。

「どうなってんの?　おばあさんって普通《ふつう》、物《もの》を大切《たいせつ》にしなさいとか言《い》うもんでしょ?」

頭《あたま》が痛《いた》くなった。

引《ひ》き出《だ》しの中身《なかみ》は、空《から》っぽだった。

三枚《まい》の朝顔《あさがお》のハガキと、梶野《かじの》くんがくれた今年《ことし》のハガキのコピー、地図《ちず》や経路《けいろ》を印刷《いんさつ》した紙《かみ》まで、全部《ぜんぶ》なくなっていた。

すぐに、台所《だいどころ》にある大《おお》きなゴミ箱《ばこ》を見《み》に行《い》った。足音《あしおと》に気《き》をつける余裕《よゆう》もなくて、どたどた

床《ゆか》を踏《ふ》み抜《ぬ》きそうな勢《いきお》いで走《はし》った。

台所《だいどころ》に入《はい》ると、母《かあ》さんが、テーブルにほおづえをついて、ぼんやり座《すわ》っていた。

いつも結《むす》んでいる長《なが》い髪《かみ》が顔《かお》にかかっていて、一瞬《いっしゅん》、幽霊《ゆうれい》がいるのかと思《おも》った。

ばあちゃんはいなかった。

たぶん、友《とも》だちとカラオケに行《い》ったんだ。

ぼーっと座《すわ》っている母《かあ》さんに構《かま》わず、ゴミ箱《ばこ》をのぞきこんだ。

ゴミ箱《ばこ》には、朝《あさ》ぼくが捨《す》てた、いらない学校《がっこう》からの連絡《れんらく》プリントと、ティッシュの丸《まる》めたのしか入《はい》っていなかった。

捨《す》ててないということは……、ぼくは、ぞっとして、庭《にわ》へ飛《と》びだした。

夕暮《ゆうぐ》れの、オレンジ色《いろ》の日《ひ》が差《さ》す庭《にわ》の真《ま》ん中《なか》に、四角《しかく》い黒《くろ》い影《かげ》があった。

それを見《み》た瞬間《しゅんかん》に、何《なに》が起《お》きたのか、もう、全部《ぜんぶ》分《わ》かってしまった。

四角《しかく》い黒《くろ》い影《かげ》は、古《ふる》い灯油《とうゆ》の缶《かん》だ。

時々《ときどき》、ばあちゃんは、あの缶《かん》に突《つ》っこんで、自分《じぶん》の「嫌《いや》なもの」を燃《も》やすんだ。

破《やぶ》って捨《す》てるくらいじゃ、気《き》が済《す》まないようなものを。

サンダルを突《つ》っかけて出《で》て、缶《かん》の中《なか》をのぞいた。

もう火《ひ》は消《き》えていて、灰《はい》だけが残《のこ》っていた。ちょうど、引《ひ》き出《だ》しの中《なか》から持《も》ちだされたものが燃《も》えたくらいの量《りょう》の灰《はい》だった。

缶《かん》の前《まえ》にしゃがみこむと、ぼくは、しばらく動《うご》けなくなった。

それでも、どうにか立《た》ち上《あ》がって、台所《だいどころ》の母《かあ》さんのところへ行《い》った。

「母《かあ》さん、ぼくの机《つくえ》、あれ何《なに》？　ばあちゃんがやったんでしょ？　なんで止《と》めてくれなかったの？　いくらなんでも……、やってることおかしいって思《おも》わなかったの？」

そしたら、母《かあ》さんが突然《とつぜん》笑《わら》いだしたんだ。

「うふふ……、あははは」

父《とう》さんが亡《な》くなってから、母《かあ》さんは、全《まった》く笑《わら》わない人《ひと》になっていた。

だから、口《くち》を開《あ》けて笑《わら》う母《かあ》さんを見《み》たぼくは、びっくりを通《とお》り越《こ》して、恐《おそ》ろしくなった。

しばらく笑《わら》った後《あと》、母《かあ》さんは、ぼくの方《ほう》に顔《かお》を向《む》けた。

「ばあちゃんにやれって言《い》われて、私《わたし》がやったのよ。さすがにやりすぎだって思《おも》ったけど、ばあちゃん、言《い》いだしたら止《と》められないでしょ。なかなかの大仕事《おおしごと》だったのよ。あなたの机《つくえ》、古《ふる》くて、作《つく》りが頑丈《がんじょう》だったから」

「えっ、母《かあ》さんがやったの？」

もう、いろんな意味《いみ》で、信《しん》じられなかった。

机《つくえ》をのこぎりで切《き》るっていうのが、まずおかしい。

それに、母《かあ》さんがのこぎりを手《て》に持《も》っている姿《すがた》が、ぼくには想像《そうぞう》できなかった。

母《かあ》さんはとにかく、ずっと元気《げんき》がない人《ひと》だったから。

「でも、なんだかすっきりしちゃった。思《おも》い切《き》ってめちゃくちゃに壊《こわ》すって、気《き》もちのいいものなのね」

そう言《い》うと、母《かあ》さんは、エプロンのポケットから、何《なに》かポリ袋《ぶくろ》に包《つつ》んだものを取《と》りだした。

「あなたの机《つくえ》には悪《わる》いことしちゃったけど、これ……」

「あっ」

ポリ袋越《ぶくろご》しに、朝顔《あさがお》の絵《え》が透《す》けて見《み》えた。

燃《も》やされたと思《おも》っていたハガキだった。

ぼくは、母《かあ》さんからハガキをひったくるようにして取《と》り戻《もど》した。

端《はし》がちょっとこげてる。

でも、ピンク、青《あお》、紫《むらさき》、ちゃんと三枚《まい》ある。

「よかった……」

確《たし》かめてから、ぎゅっと胸《むね》に抱《だ》いた。

「ばあちゃんにだまって、ハガキだけ取《と》っておいたの。引《ひ》き出《だ》しの中《なか》のものは全部燃《ぜんぶも》やせって言《い》われたけど、火《ひ》をつけた後《あと》でこのハガキの花《はな》の絵《え》が、なんだか人《ひと》の顔《かお》みたいに見《み》えちゃって」

つまり、本当《ほんとう》に、燃《も》やされる寸前《すんぜん》だったんだ。

「母《かあ》さんは、このハガキの人《ひと》が誰《だれ》なのか、知《し》ってるの？」

「ちょっとだけ知《し》ってる。聞《き》きたい？」

「うん、聞《き》きたい」

ぼくは、椅子《いす》を引《ひ》いて、母《かあ》さんの向《む》かいに座《すわ》った。

母《かあ》さんは、静《しず》かに話《はな》し始《はじ》めた。

「ハガキをくれた島根《しまね》のご夫婦《ふうふ》はね、ばあちゃんの恋人《こいびと》だった男《おとこ》の人《ひと》の、ご両親《りょうしん》なのよ」

「え」

あの鬼《おに》みたいなばあちゃんと、恋人《こいびと》という言葉《ことば》が、全《まった》くつながらなかった。

「ばあちゃんと恋人《こいびと》は、そのご両親《りょうしん》に、結婚《けっこん》を反対《はんたい》されたの。それで、ごたごたしている間《あいだ》に、ばあちゃんの恋人《こいびと》が、事故《じこ》で亡《な》くなってしまったのよ。それでね、どうやら、その人《ひと》が、私《わたし》のお父《とう》さんらしいのよ」

母《かあ》さんは、紙《かみ》に書《か》いて説明《せつめい》してくれた。

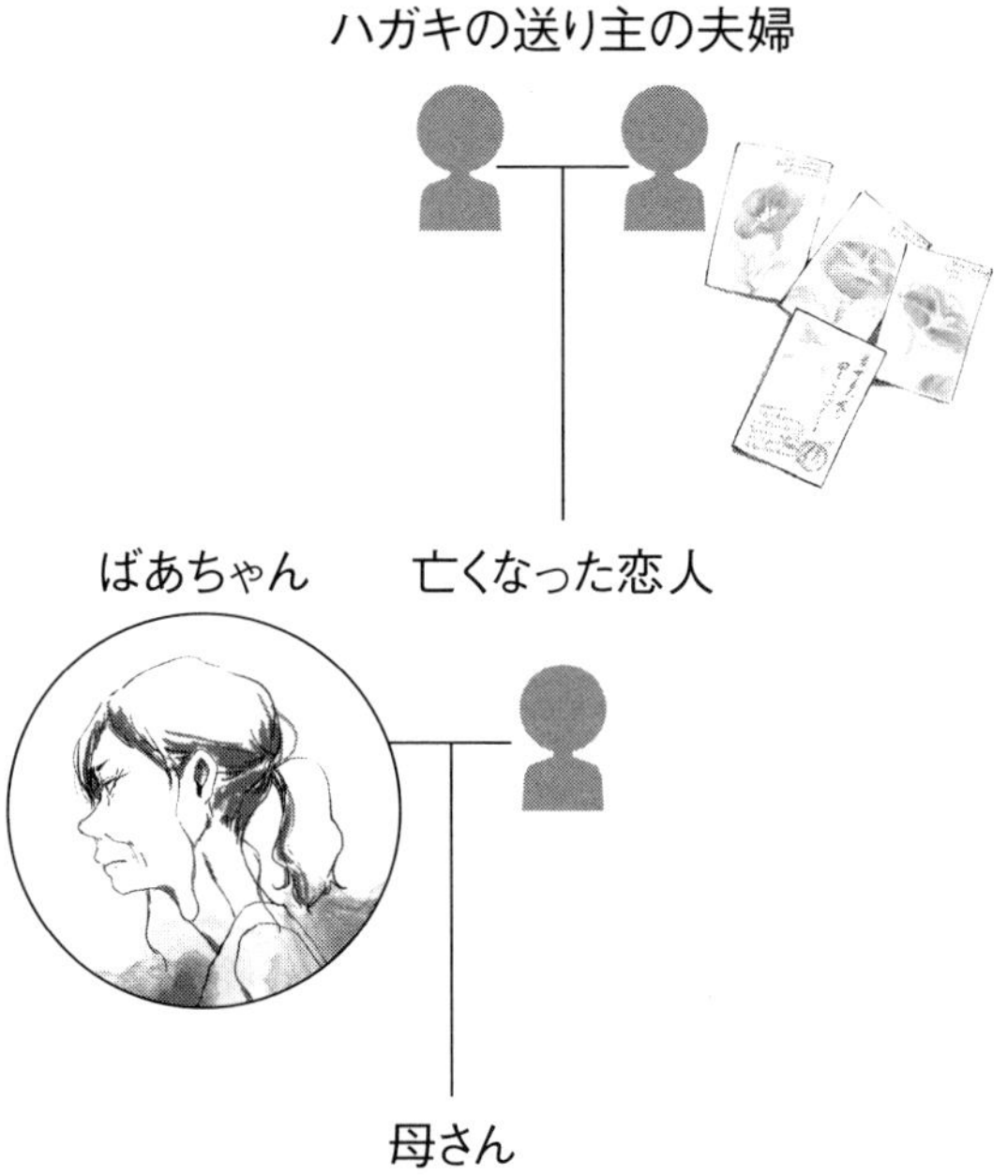

「亡《な》くなった恋人《こいびと》は、一人息子《むすこ》だったそうよ」

「ちょっ、ちょっと待《ま》って、その男《おとこ》の人《ひと》、母《かあ》さんのお父《とう》さんってことは、ぼくの……、おじいさんってこと？」

「そういうこと」

「だったら、ハガキの人《ひと》たちは、ぼくの、ひいおじいさんと、ひいおばあさんなの？　じゃあ、ぼくが一人で夏《なつ》に遊《あそ》びに行《い》ったって、全然《ぜんぜん》おかしくないじゃん！」

ダメだって言《い》われると思《おも》っていたのに、母《かあ》さんは、意外《いがい》なことを言《い》った。

「誠矢《せいや》、あなた、行《い》ってきてもいいわよ」

その瞬間《しゅんかん》、まっ青《さお》な空《そら》と白《しろ》い雲《くも》が、ぼくの頭《あたま》の中《なか》にまぶしく広《ひろ》がった。

「ほんとに？　いいの？」

「ええ、ばあちゃんは、許《ゆる》さないと思《おも》うけど、あなたの保護者《ほごしゃ》は一応《いちおう》、私《わたし》だからね。私《わたし》が許可《きょか》すれば家出《いえで》にはならない。夏休《なつやす》みの間《あいだ》、このうちにいるの嫌《いや》だったんでしょ。夏休《なつやす》み丸《まる》ごと全《ぜん》部《ぶ》、行《い》ってきたらいい。私《わたし》は行《い》ったことないけど、かなり大《おお》きなおうちだって聞《き》いたことあるわ」

「ばあちゃん、めちゃくちゃ怒《おこ》るよ？」

「いいのよ。ばあちゃんが怒《おこ》ってこのうちが、あなたの机《つくえ》みたいにめちゃくちゃになるかもしれないけど。でも、壊《こわ》すって、悪《わる》いことじゃないのかもしれない」

母《かあ》さんは、なんだか、自分《じぶん》に言《い》い聞《き》かせるみたいに、そう言《い》った。

出発《しゅっぱつ》する日《ひ》の朝《あさ》まで、ぼくが出《で》かけることは、母《かあ》さんとぼくだけの秘密《ひみつ》にしてあった。

朝《あさ》ごはんの時《とき》、すっかり旅支度《たびじたく》をしたぼくの姿《すがた》を見《み》て、台所《だいどころ》にいたばあちゃんは、椅子《いす》から転《ころ》げ落《お》ちそうになった。

「お前《まえ》、なんだい、そのかっこうは！」

「ぼく、『ハガキの人《ひと》』のとこに行《い》くんだよ」

「あたしは、許可《きょか》しないよ！」

しゃがれた声《こえ》でばあちゃんが叫《さけ》んだ。

そのとたん、ずっと、ぎゅうぎゅうに押《お》しこんでいた、すっぱい気《き》もちのふたが、ばーんと開《ひら》いた。

ばあちゃんが手当《てあ》たりしだいに投《な》げてくるものを、右《みぎ》に左《ひだり》によけながら、ぼくは、台所《だいどころ》の棚《たな》にある、四角《しかく》い紙《かみ》の箱《はこ》を手《て》に取《と》った。

買《か》ったばかりの、塩《しお》がたっぷり入《はい》った箱《はこ》だ。

開封《かいふう》シールをはがすと、塩《しお》をどばっと、三角《さんかく》の山《やま》になるほど手《て》に出《だ》して、ばあちゃんに向《む》かってぶちまけた。

「ぶえーっ、ぺっぺっ、何《なに》するんだい！」

暴《あば》れていたばあちゃんが、むせておとなしくなった。

塩《しお》をつかんでは、台所中《だいどころじゅう》にまいた。

ばあちゃんの部屋《へや》に走《はし》っていって、布団《ふとん》にも畳《たたみ》にも、押《お》し入《い》れの中《なか》にまで、たっぷり塩《しお》をまいた。空《から》っぽになった塩《しお》の箱《はこ》は、玄関《げんかん》に投《な》げ捨《す》てた。

「行《い》ってきます！」

二階《かい》の兄《にい》ちゃんにも、聞《き》こえるように叫《さけ》んだ。

怒《おこ》ったばあちゃんに追《お》いつかれないように、全力《ぜんりょく》で走《はし》りながら、ぼくは何度《なんど》も振《ふ》り返《かえ》って家《いえ》を見《み》た。兄《にい》ちゃんの部屋《へや》のカーテンが、ちょっとでもゆれるんじゃないかって期待《きたい》して。

でも、灰色《はいいろ》のカーテンはぴったり閉《し》まって、少《すこ》しも動《うご》かなかった。

第《だい》二章《しょう》　緑《みどり》の川《かわ》で

【山口誠矢《やまぐちせいや》】

「ハガキの人《ひと》」の家《いえ》の最寄《もよ》り駅《えき》には、六時間《じかん》かけて昼過《ひるす》ぎに着《つ》いた。

乗《の》る新幹線《しんかんせん》や、高速《こうそく》バスのことは、梶野《かじの》くんが細《こま》かく調《しら》べてくれていて、切符《きっぷ》は全部《ぜんぶ》、母《かあ》さんが買《か》ってくれた。

島根《しまね》に着《つ》いてから乗《の》った列車《れっしゃ》は、古《ふる》くて、二両《りょう》しかなかった。

途中《とちゅう》の駅《えき》を一つも飛《と》ばさず、全部《ぜんぶ》に停車《ていしゃ》して、やっと着《つ》いたその駅《えき》は、改札《かいさつ》に駅員《えきいん》さんがいない「無人駅《むじんえき》」だった。

駅舎《えきしゃ》の、古《ふる》くなった水色《みずいろ》っぽいペンキが、板《いた》からはがれて、くるくるカールしていた。

さわると、細《こま》かく割《わ》れて、粉《こな》になった。

「本物《ほんもの》だ」

なんて、おかしな感想《かんそう》なのかな。

さわれるってことが、不思議《ふしぎ》だった。

駅員《えきいん》さんのいない駅《えき》で、駅舎《えきしゃ》の中《なか》をあちこち見回《みまわ》していると、改札《かいさつ》の外《そと》に、白髪頭《しらがあたま》で背《せ》の高《たか》い、男《おとこ》の人《ひと》が立《た》っていた。

見《み》た瞬間《しゅんかん》「この人《ひと》だ」って分《わ》かった。

でもぼく、この人《ひと》のこと、なんて呼《よ》んだらいいんだろう。

母《かあ》さんは、自分《じぶん》の携帯《けいたい》で電話《でんわ》して、いろいろ話《はな》していたみたいだけど、ぼくはどんな話《はなし》をしたのか、全然《ぜんぜん》聞《き》かされていなかった。

困《こま》ったまま、うつむいて近《ちか》づくと、名前《なまえ》を呼《よ》ばれた。

「誠矢《せいや》くんか」

「あ、はい」

ハガキの人《ひと》は、急《きゅう》に片手《かたて》で口《くち》の辺《へん》をおおうようにした。

ぼくの顔《かお》を見《み》て、泣《な》きだしちゃったんだ。

どうしていいのか分《わ》からなくて、ぼくは、突《つ》っ立《た》っていた。

目《め》を、日《ひ》に焼《や》けた両手《りょうて》でごしごしこすると、ハガキの人《ひと》はにっこり笑《わら》った。

「すまんな、年《とし》を取《と》ると涙腺《るいせん》がゆるむのよ」

そのまま、駅《えき》の駐車場《ちゅうしゃじょう》の方《ほう》を指差《ゆびさ》して、先《さき》に歩《ある》き始《はじ》めた。

ハガキの人《ひと》は、簡単《かんたん》な和服《わふく》みたいなものを着《き》ていた。

後《あと》で聞《き》いたら、「作務衣《さむえ》」っていう、お寺《てら》のお坊《ぼう》さんが作業《さぎょう》する時《とき》に着《き》る服《ふく》で、動《うご》きやすいから、買《か》って普段着《ふだんぎ》にしているんだそうだ。

作務衣《さむえ》じゃない時《とき》は、居合道《いあいどう》の稽古着《けいこぎ》を着《き》ている。

もしかして、下着《したぎ》もふんどしなのかな、と思《おも》ったけど、干《ほ》してある洗濯物《せんたくもの》を見《み》たら、普通《ふつう》にパンツだった。

ぼくの、ひいおじいさんに当《あ》たる人《ひと》のはずなんだけれど、歩《ある》いている様子《ようす》を見《み》ると、まだまだ若《わか》い感《かん》じがした。

駐車場《ちゅうしゃじょう》に止《と》めてある車《くるま》は、白《しろ》い乗用車《じょうようしゃ》だった（航空写真《こうくうしゃしん》で見《み》えていた車《くるま》だ）。

乗《の》せてもらった車《くるま》の助手席《じょしゅせき》から、道《みち》に沿《そ》って流《なが》れる川《かわ》を見《み》た。川《かわ》は、梶野《かじの》くんのパソコンでは黒《くろ》っぽく見《み》えていたのに、実際《じっさい》に見《み》ると緑色《みどりいろ》をしていた。

川《かわ》の両脇《りょうわき》は、高《たか》い山《やま》になっている。

川《かわ》が何万年《なんまんねん》もかけて山《やま》をけずって、今《いま》の地形《ちけい》を作《つく》るんだって、テレビで見《み》たことがある。長《なが》い時間《じかん》の流《なが》れが分《わ》かるような、迫力《はくりょく》のある光景《こうけい》だった。

車《くるま》の窓《まど》に顔《かお》をくっつけるようにして、川《かわ》を見《み》たり、高《たか》い山《やま》のてっぺんを見《み》たりした。

高《たか》い山《やま》よりも、もっと高《たか》いところを、変《へん》な鳥《とり》みたいなものが飛《と》んでいた。

少《すこ》しためらってから、聞《き》いてみた。

「あれって、鳥《とり》……、ですか？」

「うん？」

ハガキの人《ひと》は、ハンドルを握《にぎ》ったまま、ちょっと空《そら》を見《み》るようにした。

「トンビじゃな。ほとんど羽《は》ばたかんから、凧《たこ》が飛《と》んどるみたいに見《み》えるじゃろう」

「ほんとだ、ばたばたしてない」

「上昇気流《じょうしょうきりゅう》に乗《の》って、くるくる回《まわ》りながらどんどん高《たか》くまでのぼるのよ」

「へー、すごい」

羽《は》ばたかずに飛《と》ぶ鳥《とり》を見《み》ていると、変《へん》な感《かん》じがした。

いつもの世界《せかい》とちゃんとつながってない、切《き》り離《はな》された、おかしな場所《ばしょ》に来《き》てしまったような気分《きぶん》だ。

でも、ばあちゃんの家《いえ》だって、相当変《そうとうへん》だった。

こっちこそが「普通《ふつう》」なのかもしれない。

ピーヒョロロロ。

トンビたちは、高《たか》く飛《と》びながら、時々《ときどき》、鋭《するど》い声《こえ》で鳴《な》いていた。


家《いえ》に着《つ》くと、ハガキの人《ひと》が、敷地《しきち》の中《なか》を簡単《かんたん》に案内《あんない》してくれた。

道場《どうじょう》は、古《ふる》い木《き》の板張《いたば》りで、小《ちい》さな体育館《たいいくかん》みたいだった。

入口《いりぐち》の戸《と》を少《すこ》し開《あ》けただけで、こもった熱気《ねっき》がもわっと出《で》てきた。

「夏《なつ》の午後《ごご》は、暑《あつ》くてとても入《はい》れんのよ」

ハガキの人《ひと》は、週《しゅう》に二回《かい》、ここで午前中《ごぜんちゅう》に居合道《いあいどう》の教室《きょうしつ》をやっているんだそうだ。

若《わか》い時《とき》には、小学校《しょうがっこう》の先生《せんせい》だったことも教《おし》えてもらった。

定年《ていねん》まで勤《つと》めて、最後《さいご》に近《ちか》くの小学校《しょうがっこう》で校長《こうちょう》をしたから、近所《きんじょ》の人《ひと》たちには、今《いま》でも「校長《こうちょう》先生《せんせい》」って呼《よ》ばれているそうだ。

道場《どうじょう》に続《つづ》いて、家《いえ》の中《なか》も案内《あんない》してもらった。家《いえ》は、航空写真《こうくうしゃしん》で見《み》た通《とお》り、三つに分《わ》かれていた。

台所《だいどころ》や、ぼくが使《つか》わせてもらう和室《わしつ》がある二階建《かいだ》ては、わりと新《あたら》しく建《た》てられたものだった。

真《ま》ん中《なか》に、大《おお》きな広《ひろ》い座敷《ざしき》がある一階建《かいだ》てがあって、その向《む》こうに、洋風《ようふう》の二階建《かいだ》てがあった。

洋風《ようふう》の二階建《かいだ》てには、外廊下《そとろうか》を通《とお》って行《い》けるようになっていて、その廊下《ろうか》は、池《いけ》の上《うえ》にかかっていた。

「あっ、コイがいるんだ」

ぼくがそう言《い》うと、ハガキの人《ひと》は立《た》ちどまって和室《わしつ》の方《ほう》に戻《もど》った。それから、持《も》ってきた大《おお》きな紙袋《かみぶくろ》から、コイのエサを一つかみ取《と》って、ぼくにくれた。

もらったエサをまくと、コイがたくさん、口《くち》を開《あ》けて集《あつ》まってきた。

「気《き》づいた時《とき》にエサをやってくれると助《たす》かるよ。わしはよく忘《わす》れてしまってな、コイがいつも腹《はら》を減《へ》らしとるから」

洋風《ようふう》の二階建《かいだ》ては、入《はい》ってすぐの部屋《へや》がアトリエ（絵《え》を描《か》いたりする作業場《さぎょうば》をそう呼《よ》ぶんだそうだ）になっていて、絵《え》の道具《どうぐ》がたくさん置《お》かれていた。

「ここは、息子《むすこ》と、それから妻《つま》の久子《ひさこ》が絵《え》を描《か》くのに使《つか》っていたんじゃ」

そう言《い》うと、ハガキの人《ひと》は、ちょっとさみしそうな顔《かお》で部屋《へや》を見渡《みわた》した。

アトリエは、広《ひろ》くて明《あか》るかった。

二階《かい》の天井《てんじょう》まで吹《ふ》き抜《ぬ》けになっていて、高《たか》いところにある窓《まど》が、きれいなステンドグラスになっているんだ。

「ハガキの朝顔《あさがお》の絵《え》も、ここで描《か》いていたの？」

「ああ、毎年《まいとし》、朝顔《あさがお》を育《そだ》てては、描《か》いておったよ」

「あの絵《え》、ぼく、すごく好《す》きだった」

「そうじゃ……」

ハガキの人《ひと》が、棚《たな》の上《うえ》のガラスビンを手《て》に取《と》った。

ビンの底《そこ》に、黒《くろ》いものが入《はい》っている。小《ちい》さいみかんの房《ふさ》みたいな、独特《どくとく》の形《かたち》。

朝顔《あさがお》の種《たね》だ。

「今年《ことし》は、種《たね》まきをせんかった」

「今《いま》からまいたんじゃ、だめなの？」

「いや、朝顔《あさがお》は、その年《とし》にできた種《たね》がこぼれたものからでも、芽《め》が出《で》て、九月に花《はな》が咲《さ》いたりすることがある。じゃから、今《いま》、種《たね》をまけば、八月の終《お》わりくらいには花《はな》が咲《さ》くかもしれん。まくか？」

「うん、まきたい」

その後《あと》、ハガキの人《ひと》とぼくは、倉庫《そうこ》からプランターを出《だ》して、ガラスビンに入《はい》っていた朝顔《あさがお》の種《たね》まきをした。土《つち》は、リヤカーで、畑《はたけ》から取《と》ってきた。

初《はじ》めてハガキの人《ひと》の家《いえ》に来《き》た日《ひ》の、午後《ごご》のことだった。

【梶野《かじの》篤史《あつし》】

俺《おれ》が通《かよ》っている学習塾《がくしゅうじゅく》は、駅裏《えきうら》のビルの三階《かい》にある。

塾《じゅく》の教室《きょうしつ》の窓《まど》は、下半分《したはんぶん》が曇《くも》りガラスになっている。

上半分《うえはんぶん》も、ほとんど塾《じゅく》の看板《かんばん》でふさがっていて、わずかに見《み》える透明《とうめい》ガラスの向《む》こうは、向《む》かいの灰色《はいいろ》のビルと電柱《でんちゅう》だ。

夏休《なつやす》みになるのと同時《どうじ》に、塾《じゅく》の夏期講習《かきこうしゅう》が始《はじ》まった。

朝《あさ》十時《じ》から、昼飯《ひるめし》と晩飯持参《ばんめしじさん》で、夜《よる》八時《じ》まで、いわゆる「缶《かん》づめ」になる。

昼飯《ひるめし》は、母《かあ》さんが作《つく》ってくれた弁当《べんとう》で、晩飯《ばんめし》は菓子《かし》パンとジュース。

とにかく頭《あたま》を使《つか》うから、休憩時間《きゅうけいじかん》にお菓子《かし》を食《た》べてもいいことになっている。

食《た》べて、勉強《べんきょう》して、食《た》べて、勉強《べんきょう》して、食《た》べて……。

俺《おれ》は、勉強《べんきょう》はそんなに嫌《きら》いじゃないんだ。テストに出《で》る問題《もんだい》には、必《かなら》ず答《こた》えがあるから、クイズを解《と》いているみたいなもんだ。

答《こた》えがない問題《もんだい》や、簡単《かんたん》にマルやバツがつけられない問題《もんだい》は、テストにはあんまり出《で》ない（たまに出《で》るけど、たくさん出《だ》したら点《てん》をつけにくくなって困《こま》るんだろうな）。

だから、答《こた》えられない問題《もんだい》に出《で》くわしたら、解答《かいとう》を見《み》て解《と》き方《かた》を覚《おぼ》えればいい。解《と》ける問題《もんだい》が増《ふ》える ↓ テストの点《てん》が上《あ》がる ↓ 志望中学《しぼうちゅうがく》への合格率《ごうかくりつ》が上《あ》がる ↓ 父《ちち》、母《はは》、喜《よろこ》ぶ ↓ 俺《おれ》もうれしい。

そのために、食《た》べて、勉強《べんきょう》して、食《た》べて、勉強《べんきょう》して、食《た》べて……。

「はあ、俺《おれ》、太《ふと》りそうだな……」

ホワイトボードの横《よこ》の時計《とけい》を見《み》ると、休憩時間《きゅうけいじかん》があと五分《ふん》ほどあった。水筒《すいとう》に入《い》れた氷《こおり》入《い》りのアイスコーヒーと、食《た》べかけの板《いた》チョコを持《も》って、俺《おれ》は教室《きょうしつ》を出《で》た。

廊下《ろうか》の端《はし》にある非常口《ひじょうぐち》を開《あ》けると、とたんに、もわっと熱気《ねっき》が来《き》た。

「うわ、あっち」

さびた外階段《そとかいだん》の手《て》すりが、やけどするくらい熱《あつ》くなっている。どこかで、道路工事《どうろこうじ》をしているドリルの音《おと》がしている。

真上《まうえ》を見《み》ると、建物《たてもの》の隙間《すきま》から、ちょっとだけ、夏《なつ》の空《そら》が見《み》えた。

昨日《きのう》、山口《やまぐち》からハガキが届《とど》いたんだ。

真《ま》っ青《さお》な空《そら》の、すごく高《たか》いところを、なにか鳥《とり》みたいなものが一羽《わ》、飛《と》んでいる絵《え》が描《か》かれていた。

それだけの絵《え》なのに、俺《おれ》はずいぶん長《なが》い時間《じかん》見《み》とれていた。

山口《やまぐち》は、やっぱりめちゃくちゃ絵《え》がうまいんだ。

俺《おれ》は、あいつが向《む》こうで、たくさん絵《え》を描《か》いたらいいと思《おも》っている。

山口《やまぐち》って、なんだか分《わ》からないが、傷《きず》ついて弱《よわ》っている感《かん》じがする。

好《す》きな絵《え》を描《か》くことで、ボロボロになった自分《じぶん》を、作《つく》り直《なお》したりもできるんじゃないだろうか。だから、俺《おれ》はすぐに、母《かあ》さんにハガキをもらって返事《へんじ》を書《か》いたんだ。


「山口《やまぐち》ボックス」に入《い》れるから、じゃんじゃん描《か》いてうちに送《おく》れ。毎日送《まいにちおく》れ。


白《しろ》いハガキに、それだけ書《か》いた。

それで、俺《おれ》が思《おも》っていることは全部《ぜんぶ》、伝《つた》わる気《き》がした。

山口《やまぐち》が急《きゅう》に、「ハガキの人《ひと》（あいつは、そう呼《よ》んでいる）」のところへ行《い》けることになったのには本当《ほんとう》におどろいた。

山口《やまぐち》のお母《かあ》さんが、のこぎりで机《つくえ》を真《ま》っ二《ぷた》つにしたっていう話《はなし》には、もっとおどろいたが……。

机《つくえ》を破壊《はかい》したお母《かあ》さんは、さすがに、やりすぎたと反省《はんせい》したらしく（そりゃそうだろう）、ハガキの人《ひと》が、山口《やまぐち》のひいおじいさんに当《あ》たる人《ひと》だと教《おし》えてくれたそうだ。

切符《きっぷ》も買《か》ってくれて、山口《やまぐち》は夏休《なつやす》みが始《はじ》まるのと同時《どうじ》に、無事《ぶじ》にハガキの人《ひと》のところへ行《い》けたんだ。本当《ほんとう》によかった。

「おい、梶野《かじの》」

急《きゅう》に、非常口《ひじょうぐち》のドアが開《あ》いて、次《つぎ》の理科《りか》の授業《じゅぎょう》の担当講師《たんとうこうし》が顔《かお》を出《だ》した。

「そろそろ始《はじ》めるぞ」

「あっ、はい」

ため息《いき》をついて、教室《きょうしつ》に戻《もど》りかけたところで、ふと、俺《おれ》は立《た》ちどまった。

あいつの夏休《なつやす》みも、俺《おれ》の夏休《なつやす》みも、同《おな》じ「夏休《なつやす》み」なんだ。

何《なに》か俺《おれ》も、あいつに負《ま》けないくらい、とんでもないことを始《はじ》めても、いいんじゃないだろうか。その時《とき》だ。

俺《おれ》の頭《あたま》に突然《とつぜん》「とんでもないこと」をやっている自分《じぶん》の姿《すがた》が浮《う》かんだ。


夜《よる》、母《かあ》さんが車《くるま》で迎《むか》えにきてくれた時《とき》には、俺《おれ》の心《こころ》はすっかり決《き》まっていた。

「母《かあ》さん、今《いま》から一緒《いっしょ》に『ジャージ』を買《か》いに行《い》ってくれ！」

勢《いきお》いこんで言《い》ったものの、母《かあ》さんには全《まった》く伝《つた》わらなかったらしい。

「え、『ジャージー、牛乳《ぎゅうにゅう》』？　いいわよ。ちょっと高《たか》いけどおいしいわよね」

真顔《まがお》で返《かえ》されてしまった。

「ちがうっ、牛《うし》じゃない。運動《うんどう》する時《とき》に着《き》る、服《ふく》のジャージだよ」

母《かあ》さんは困惑顔《こんわくがお》のまま、車《くるま》を発進《はっしん》させた。

夜《よる》の駅裏《えきうら》のロータリーには、俺《おれ》みたいに、塾《じゅく》の終《お》わりに迎《むか》えにきてもらっている小学生《しょうがくせい》が結《けっ》構《こう》いる。雨《あめ》の日《ひ》なんか、迎《むか》えの車《くるま》で大渋滞《だいじゅうたい》することもある。

車《くるま》が走《はし》りだしたところで、俺《おれ》は説明《せつめい》を続《つづ》けた。

「俺《おれ》、あしたの朝《あさ》から、早起《はやお》きして走《はし》ろうと思《おも》うんだ。城《しろ》の遊歩道《ゆうほどう》のところ。あそこ、朝《あさ》、いっぱい人《ひと》が走《はし》ってるらしいじゃん」

「はっ？」

母《かあ》さんの「はっ？」に、いろいろ込《こ》められているのがよく分《わ》かった。

俺《おれ》は小《ちい》さい時《とき》から、運動《うんどう》がまるでだめなんだ。

特《とく》に、走《はし》ることについては、学年《がくねん》でも一、二を争《あらそ》う、たいした遅《おそ》さだ。

頭《あたま》がでかいので、本当《ほんとう》にバランスが悪《わる》いんだと思《おも》う。

母《かあ》さんは、そんな俺《おれ》が人様《ひとさま》にばかにされないようにと（残念《ざんねん》ながら、それでもばかにされてるんだが）、せめて勉強《べんきょう》だけは人《ひと》よりもできるように、あれこれ手《て》を尽《つ》くしてくれた。

おかげで現在《げんざい》の、「勉強《べんきょう》だけは、そこそこできる俺《おれ》」があるんだが。

「小説家《しょうせつか》の村上春樹《むらかみはるき》も、ノーベル賞《しょう》もらった山中教授《やまなかきょうじゅ》も、忙《いそが》しいのに、毎日走《まいにちはし》ってるんだよ。ほんとうにえらい人《ひと》は、机《つくえ》に座《すわ》って、一日中《いちにちじゅう》、頭使《あたまつか》ってばかりじゃなくて、時間《じかん》を取《と》って走《はし》ってるんだ。だから俺《おれ》も、走《はし》ることに決《き》めた！」

「そっ、そう……」

母《かあ》さんは、びっくりしたみたいだけど、夜十時《よるじ》まで開《あ》いているショッピングモールに連《つ》れていってくれた。

客《きゃく》がほとんどいないのに、店《みせ》の中《なか》は、昼間《ひるま》みたいに明《あか》るかった。

「男児用《だんじよう》」と書《か》かれた衣料品売《いりょうひんう》り場《ば》に、運動《うんどう》ジャージというものがちゃんとあったんだが、なぜかどれも細《ほそ》いやつ用《よう》で、俺《おれ》のでかいケツが入《はい》るものはなかった。

試着室《しちゃくしつ》の中《なか》で、俺《おれ》はぼやいた。

「おいおい、なんだよ……、運動《うんどう》する子《こ》どものケツはでかくないって、そういう設定《せってい》なのか？」

「アハハハハ」

カーテンを開《あ》けて出《で》ると、俺《おれ》のぼやきを聞《き》いていた母《かあ》さんが、体《からだ》を折《お》り曲《ま》げて、涙《なみだ》まで流《なが》して笑《わら》っていた。

結局《けっきょく》、俺《おれ》は、大人用《おとなよう》ジャージを買《か》うことになった。

ハーフパンツタイプで、本来《ほんらい》なら、ちょうど膝《ひざ》がかくれる長《なが》さのものなんだが、大人用《おとなよう》で、でかいから、すねまでかくれてしまう。

「大丈夫《だいじょうぶ》よ。今晩《こんばん》、裾《すそ》のところを、ぬって、うまく直《なお》してあげるから」

母《かあ》さんが、財布《さいふ》から電子《でんし》マネーのカードを出《だ》した。

犬《いぬ》の絵《え》がついた電子《でんし》マネーカードは、支払《しはら》う時《とき》、犬《いぬ》の鳴《な》き声《ごえ》がする。

犬《いぬ》が鳴《な》くのを聞《き》いてから、俺《おれ》は言《い》った。

「お金《かね》さ、後《あと》で俺《おれ》のお年玉《としだま》から払《はら》うよ」

「え、なんで？」

「なんでって……、そうしたいんだ」

母《かあ》さんは、不思議《ふしぎ》そうに首《くび》をかしげた。


次《つぎ》の朝《あさ》、俺《おれ》は、目覚《めざ》ましをかけて五時半《じはん》に起《お》きた。

外《そと》はすっかり明《あか》るかった。

「へえ～、朝《あさ》って、こんなに早《はや》くから明《あか》るいもんなのか」

おどろきながら一階《かい》に下《お》りると、すでに母《かあ》さんが起《お》きていて、俺《おれ》のひとりごとに返事《へんじ》をした。

「それは、今《いま》が夏《なつ》だからよ。冬《ふゆ》だったら、まだまだ真《ま》っ暗《くら》よ。はい、これ」

ジャージの裾《すそ》が、ちょうどいい長《なが》さに直《なお》されていた。はいてみたら、ぴったりだった。上《うえ》は、
適当《てきとう》なT《ティー》シャツだけど、ハーフパンツのジャージをはいただけで、「らしく」見《み》える。

「母《かあ》さんって、いつもこんな時間《じかん》に起《お》きてるの？」

「ううん、いつもはもう少《すこ》し寝《ね》てる」

「じゃあ、あしたからは寝《ね》てていいよ。朝《あさ》ごはんはいつもの時間《じかん》でいいし、俺《おれ》、家《いえ》のカギ持《も》って勝手《かって》に出《で》ていくから」

ジャージのポケットにカギだけ入《い》れて、家《いえ》を出《で》た。城《しろ》までって言《い》っても、いきなり全部《ぜんぶ》は走《はし》れないだろう。でも、歩《ある》く時《とき》も、できるだけ早足《はやあし》にしよう。

歩道《ほどう》が広《ひろ》い道《みち》を走《はし》りたいから、駅《えき》の方《ほう》を、ぐるっと回《まわ》っていくことに決《き》めた。城《しろ》に行《い》くだけで、三キロはあるから、往復《おうふく》するだけでも六キロのコースだ。とんでもないことを始《はじ》めたもんだと、自分《じぶん》でもあきれた。

だけど、朝日《あさひ》に輝《かがや》く城《しろ》は、なかなかよかった。「お～っ」って声《こえ》が出《で》た。

俺《おれ》は、絵《え》は描《か》けないけど、山口《やまぐち》のあのハガキの鳥《とり》と空《そら》に負《ま》けてないって思《おも》えたんだ。

【山口誠矢《やまぐちせいや》】

最初《さいしょ》の日《ひ》の晩《ばん》ごはんは、鶏肉《とりにく》を使《つか》ったすき焼《や》きだった。

ハガキの人《ひと》の料理《りょうり》の腕《うで》は、ぼくと同《おな》じくらいか、ぼくの方《ほう》が少《すこ》し上《うえ》だった。

ぼくが野菜《やさい》を洗《あら》って、包丁《ほうちょう》で切《き》ってみせたら、「えっ、速《はや》いな」っておどろかれた。

すき焼《や》きのもとは、うちで使《つか》ってるのと同《おな》じメーカーのものだった。

豆腐《とうふ》を大《おお》きめに切《き》っていると、ハガキの人《ひと》が冷蔵庫《れいぞうこ》から、大事《だいじ》そうに鶏肉《とりにく》と卵《たまご》を出《だ》してきた。

「うちに、若《わか》いお客《きゃく》さんが来《く》ると話《はな》したら、道場《どうじょう》に来《く》る生徒《せいと》がくれたのよ。家《いえ》で養鶏《ようけい》をやっとる人《ひと》でな」

二人で作《つく》った鶏肉《とりにく》のすき焼《や》きは、最高《さいこう》においしかった。

「おいしい」って、ぼくはたぶん、二十回《かい》くらい言《い》って、ハガキの人《ひと》も「うまいなあ」って、十回《かい》は言《い》ったと思《おも》う。

この家《いえ》の台所《だいどころ》を、ぼくはすっかり気《き》に入《い》った。

居間《いま》とは別《べつ》になっていて、大《おお》きな食器棚《しょっきだな》や冷蔵庫《れいぞうこ》に囲《かこ》まれた中《なか》に、ダイニングテーブルがあるだけだ。

静《しず》かだから、ものすごく落《お》ち着《つ》いた。

冷蔵庫《れいぞうこ》が、ブーンとうなる音《おと》や、壁時計《かべどけい》の針《はり》が一秒《びょう》ごとに、ジッジッっていうのが聞《き》こえるくらい静《しず》かなんだ。

食事《しょくじ》も、作《つく》ってすぐに食《た》べられるし、片《かた》づけるのも簡単《かんたん》だ。

片《かた》づけも、二人で手分《てわ》けしてやった。

すき焼きを早《はや》めに食《た》べたから、片《かた》づけをしてもまだ外《そと》が明《あか》るいくらいだった。

冷蔵庫《れいぞうこ》に麦茶《むぎちゃ》のポットをしまいながら、ハガキの人《ひと》がつぶやいた。

「誠矢《せいや》くんが、うちに無事《ぶじ》に着《つ》いたことを、家《いえ》の方《ほう》にも連絡《れんらく》した方《ほう》がええのう」

ハガキの人《ひと》は、携帯電話《けいたいでんわ》をもっている。

母《かあ》さんの携帯《けいたい》には、駅《えき》に着《つ》いた時《とき》にもう連絡《れんらく》を済《す》ませていた。

だから、家《いえ》に電話《でんわ》っていうのは、つまり……。

分《わ》かってるけど、一応《いちおう》聞《き》いてみた。

「電話《でんわ》って、あの……、うちの、ばあちゃんに？」

「そう、初枝《はつえ》さんによ。きっと、心配《しんぱい》されとるじゃろうから」

派手《はで》に塩《しお》をぶちまけて出《で》てきた今朝《けさ》のことが、何年《なんねん》も前《まえ》のことのように思《おも》えた。

ぼくは、絶対《ぜったい》にやめた方《ほう》がいい気《き》がしていた。

でも、ハガキの人《ひと》は、どうしても電話《でんわ》したいみたいだった。


この家《いえ》の電話《でんわ》は、台所《だいどころ》を出《で》てすぐの、階段《かいだん》の下《した》にある。

電話《でんわ》の横《よこ》には、「誠矢《せいや》くん、緊急連絡先《きんきゅうれんらくさき》」って、書《か》かれた紙《かみ》が張《は》ってあった。

そこに、うちの家《いえ》の電話番号《でんわばんごう》と、母《かあ》さんの携帯番号《けいたいばんごう》が、赤色《あかいろ》のペンで大《おお》きく書《か》かれていた。

ぼくは、そわそわしながら、電話《でんわ》のプッシュボタンを押《お》すハガキの人《ひと》を、後《うし》ろから見《み》ていた。

トゥルルー、トゥルルー。

静《しず》かな家《いえ》だから、電話《でんわ》の呼《よ》び出《だ》し音《おん》が、ぼくにもはっきり聞《き》こえた。

五回《かい》のトゥルルーの後《あと》、ガチャッと、受話器《じゅわき》を取《と》る音《おと》がした。

「はい、どなた」

母《かあ》さんが出《で》ることを祈《いの》っていたのに、しゃがれた無愛想《ぶあいそう》な声《こえ》は、ばあちゃんだった。

「白井《しらい》です。誠矢《せいや》くんが今日《きょう》……」

ガッ。

何《なに》が起《お》きたのか、しばらく分《わ》からなかった。

三秒《びょう》くらいたってから、ばあちゃんが、だまって電話《でんわ》を切《き》るっていう、超失礼《ちょうしつれい》なことをしたんだって分《わ》かった。

「ご、ごめんなさい！」

ぼくは、ばあちゃんの代《か》わりにハガキの人《ひと》に頭《あたま》を下《さ》げた。

その場《ば》に倒《たお》れてしまいそうなくらい、恥《は》ずかしかった。

でも、ハガキの人《ひと》は、落《お》ち着《つ》いていた。

「いや、初枝《はつえ》さんは、何《なに》も悪《わる》くないよ」

まるで、電話《でんわ》しても切《き》られるって、最初《さいしょ》から分《わ》かっていたみたいに。

「私《わたし》たちは……、私《わたし》たちといっても久子《ひさこ》はもう亡《な》くなってしまっておるが、怒《おこ》られて当然《とうぜん》のことをしてしまったんじゃよ。久子《ひさこ》も、悔《く》やんで悔《く》やんで亡《な》くなっていった。それなのに、こうして誠矢《せいや》くんに来《き》てもらえて、初枝《はつえ》さんには、ただただ申《もう》し訳《わけ》ない気《き》もちがするばっかりじゃ」

そこまで話《はな》すと、ハガキの人《ひと》は受話器《じゅわき》をそっと戻《もど》して、ぼくにほほ笑《え》んだ。

「夏休《なつやす》みの終《お》わりまで、こっちにおってもいいと言《い》われとるんじゃろ。ゆっくりしていってくれ。こんなじいさんの一人暮《ぐ》らしじゃから、何《なに》も、気《き》がねはいらんよ」

そして、お風呂《ふろ》に入《はい》るように言《い》われた。

ばあちゃんのしたことがショックすぎて、ぼくは、車《くるま》に酔《よ》ったみたいな気分《きぶん》になっていた。

でも、お風呂《ふろ》に入《はい》って、窓《まど》に、白《しろ》いヤモリが張《は》りついているのを見《み》ていたら、だんだん、気《き》もち悪《わる》さが消《き》えていった。

ヤモリの指《ゆび》は透明《とうめい》で、一本一本《いっぽんいっぽん》が花《はな》びらみたいに開《ひら》いて、ガラスにくっついているんだ。

この家《いえ》のアトリエには、古《ふる》くて高《たか》そうな家具《かぐ》がたくさん置《お》いてある。

その中《なか》に、引《ひ》き出《だ》しに朝顔《あさがお》の絵《え》が彫《ほ》られた棚《たな》があった。引《ひ》き出《だ》しが三個《こっ》付いた、つやつや光《ひか》る茶色《ちゃいろ》の棚《たな》だ。

浮《う》き彫《ぼ》りにされた朝顔《あさがお》のところだけ、色《いろ》が塗《ぬ》られている。

その、一番上《いちばんうえ》の引《ひ》き出《だ》しが、カギ付《つ》きだった。引《ひ》いてみると、カギはかかっていなくて、すっと開《ひら》いた。

中《なか》を見《み》ておどろいた。朝顔《あさがお》をスケッチした紙《かみ》が、何十枚《なんじゅうまい》も入《はい》っていたから。

「亡《な》くなった久子《ひさこ》さんが、ハガキの絵《え》を描《か》くために練習《れんしゅう》してたのかな」

ぼくが受《う》け取《と》った三枚《まい》のハガキの朝顔《あさがお》は、どれも上向《うわむ》きで、しゃんとして見《み》える朝顔《あさがお》だった。

でも、入《はい》っている朝顔《あさがお》は、いろいろだった。うつむいてるのや、雨《あめ》にぬれてるみたいなの、枯《か》れてしぼみかけのもあった。

下《した》の棚《たな》には、使《つか》ってないハガキが、百枚以上《まいいじょう》入《はい》っていた。

「きっと毎年余分《まいとしよぶん》に買《か》って、使《つか》わなかったハガキがたまったんだな」

ハガキの人《ひと》からは、絵《え》の具《ぐ》も紙《かみ》も、もう誰《だれ》も使《つか》わないから、できるだけ使《つか》って欲《ほ》しいって言《い》われた。

思《おも》いっきり絵《え》を描《か》いていいなんて、信《しん》じられないくらいうれしかった。

さっそく、梶野《かじの》くんに絵《え》付きのハガキを描《か》いて出《だ》すことにした。

梶野《かじの》くんは、最初《さいしょ》、写真《しゃしん》や動画《どうが》を送《おく》ってくれって言《い》ったんだけど、ぼくは、スマホも携帯《けいたい》ももってないから、代《か》わりにハガキに絵《え》を描《か》くってことになっていた。

それでまず、こっちに着《つ》いた日《ひ》に見《み》た、トンビの絵《え》を描《か》いて送《おく》った。

凧《たこ》みたいに羽《は》ばたかずに飛《と》んでいた、あの鳥《とり》だ。

空《そら》の高《たか》いところを、一羽《わ》だけが飛《と》んでいる絵《え》にした。

その後《あと》すぐ、風呂《ふろ》のヤモリの絵《え》と、池《いけ》にいるコイの絵《え》もハガキに描《か》いた。

絵《え》を描《か》くのは本当《ほんとう》に楽《たの》しい。

ヤモリは開《ひら》いた透明《とうめい》な指《ゆび》を思《おも》い出《だ》して、丁寧《ていねい》に描《か》いた。コイは、池《いけ》に見《み》に行《い》って、半日《はんにち》あれこれ練習《れんしゅう》してから描《か》いた。

ヤモリとコイのハガキも、梶野《かじの》くんに送《おく》りたかった。

でも、さすがに「毎日送《まいにちおく》ったら迷惑《めいわく》だろう」と思《おも》って、出《だ》すのはやめておいた。

そうしたら、梶野《かじの》くんから返事《へんじ》がきた。

こっちに来《き》てから、ぼくは、午前中《ごぜんちゅう》はたいていアトリエで絵《え》を描《か》いて過《す》ごしていて、話《はな》し合《あ》った訳《わけ》じゃないけど、郵便屋《ゆうびんや》さんのバイクの音《おと》がしたら、そろそろ昼食《ちゅうしょく》ってことに、なんとなく決《き》まってきていた。お昼《ひる》は、ソーメンか、うどんを、ハガキの人《ひと》と一緒《いっしょ》に作《つく》って食《た》べるんだ。

その日《ひ》も、郵便《ゆうびん》のバイクの音《おと》がして、そろそろ台所《だいどころ》に行《い》こうかな、と思《おも》っていた。

そしたら、スリッパの音《おと》が近《ちか》づいてきて、ハガキの人《ひと》がドアをノックしたんだ。

ハガキの人《ひと》は、必《かなら》ずノックする。

「あ、どうぞ」

「友《とも》だちから、ハガキがきとるよ」

そう言《い》って渡《わた》されたのが、梶野《かじの》くんからの返事《へんじ》だった。

ハガキには、元気《げんき》ですかなんて、あいさつは全部省略《ぜんぶしょうりゃく》されてて、真《ま》ん中《なか》にでっかい字《じ》で、ただ、こう書《か》いてあった。

「山口《やまぐち》ボックス」に入《い》れるから、じゃんじゃん描《か》いてうちに送《おく》れ。毎日送《まいにちおく》れ。

思《おも》わず笑《わら》ってしまった。梶野《かじの》くんの方《ほう》から、送《おく》れって言《い》ってくれるなんて、ありがたかった。

ハガキの人《ひと》も、読《よ》んで笑《わら》っていた。

「絵《え》を描《か》くのに、足《た》りないものはないかな？　市内《しない》の文房具屋《ぶんぼうぐや》に、たいていの画材《がざい》はあるから、いつでも車《くるま》で連《つ》れていくよ。遠慮《えんりょ》せずに言《い》うてくれ」

「はい、でも、ストックがいっぱいあるから、当分大丈夫《とうぶんだいじょうぶ》です」

ぼくが答《こた》えると、ハガキの人《ひと》は、ぼくが色《いろ》をつけて、作業台《さぎょうだい》の上《うえ》で乾《かわ》かしたままにしていた、ヤモリとコイの絵《え》を見《み》た。

「誠矢《せいや》くんは、いい絵《え》を描《か》くなあ。これだけ描《か》けたら、学校《がっこう》でもよく表彰《ひょうしょう》されるじゃろう」

ほめられると恥《は》ずかしくて、落《お》ち着《つ》かない感《かん》じになった。

それで、つい、話《はな》してしまった。

「ぼくなんか、全然《ぜんぜん》……。ぼくより、兄《にい》ちゃんの方《ほう》がすごいんだ。兄《にい》ちゃんは、めちゃくちゃ絵《え》がうまいんだ。うますぎて、もう怖《こわ》いくらいに。夜中《よなか》に、紙《かみ》から抜《ぬ》けでてくるんじゃないかって思《おも》うような絵《え》を描《か》くから……」

「兄《にい》ちゃん」って口《くち》にしたとたん、胸《むね》がつまったように、苦《くる》しくなってきた。

苦《くる》しいっていうか、ほんとに、急《きゅう》に体《からだ》の具合《ぐあい》が悪《わる》くなる感《かん》じ。

ぼくがうつむくと、ハガキの人《ひと》もだまった。ハガキの人《ひと》は、母《かあ》さんから、兄《にい》ちゃんのことを何《なに》か聞《き》いているのかもしれない。

「うますぎて怖《こわ》いような絵《え》というのは、わしにも分《わ》かるよ」

ハガキの人《ひと》が、ゆっくりと話《はな》し始《はじ》めた。

「わしの息子《むすこ》も、絵《え》がうまかった。それこそ、怖《こわ》いような絵《え》を描《か》いとった……。久子《ひさこ》も絵《え》を描《か》くようになったが、あれは、息子《むすこ》が亡《な》くなった後《あと》に始《はじ》めたのよ」

ぼくが、顔《かお》をあげてハガキの人《ひと》を見《み》たら、今度《こんど》はハガキの人《ひと》が、うつむいていた。

ハガキの人《ひと》も、話《はな》したら、なんだか苦《くる》しくなったようだった。

ぼくが「兄《にい》ちゃん」って言《い》ってつらくなるのと、ハガキの人《ひと》が「息子《むすこ》」って言《い》ってつらくなるのは、同《おな》じみたいだ。

ぼくらはアトリエの中《なか》で、しばらくだまっていた。

それから、二人して、元気《げんき》がないまま部屋《へや》を出《で》て、ソーメンをゆでて食《た》べたんだ。


こっちに来《き》てすぐにまいた朝顔《あさがお》の種《たね》には、毎朝《まいあさ》、ぼくが水《みず》をやった。

夕方《ゆうがた》に、ハガキの人《ひと》も追加《ついか》で水《みず》をやっていた。

すると、びっくりするほどすぐに、次々《つぎつぎ》と芽《め》が出《で》てきた。

そういえば、一年生《ねんせい》の時《とき》、「せいかつ」で、朝顔《あさがお》の観察《かんさつ》をしたっけ。

もうすっかり忘《わす》れていたけど、あの時《とき》と同《おな》じように、まず小《ちい》さい葉《は》っぱが出《で》て、それからもっと大《おお》きな本葉《ほんば》が出《で》た。

そのうち、一番先《いちばんさき》が、ツルになって伸《の》び始《はじ》めた。

「これなら意外《いがい》に早《はや》く、花《はな》が咲《さ》くのを見《み》られるかもしれないな」

ぼくは、咲《さ》いた朝顔《あさがお》の花《はな》を描《か》くことを楽《たの》しみにしていた。

どんな風《ふう》に描《か》くか。

花《はな》びらのうすい、透明《とうめい》な感《かん》じを、どうやって出《だ》すか。

アトリエでも、朝顔《あさがお》が彫《ほ》られた棚《たな》を開《あ》けて、久子《ひさこ》さんが描《か》いた、たくさんの朝顔《あさがお》の絵《え》を何度《なんど》も眺《なが》めて考《かんが》えた。

梶野《かじの》くんに、いろんな絵《え》を描《か》いて送《おく》りながら、頭《あたま》の中《なか》には、いつか描《か》く朝顔《あさがお》の絵《え》のことがあった。

そうして、何度《なんど》も朝顔《あさがお》の棚《たな》を開《あ》けているうちに、ぼくは、その引《ひ》き出《だ》しが、妙《みょう》に浅《あさ》いことに気《き》づいた。外《そと》から見《み》ると、他《ほか》の二つの引《ひ》き出《だ》しと同《おな》じ高《たか》さがあるのに、内側《うちがわ》をのぞくと、高《たか》さが足《た》りないんだ。

ちょうど三センチ分《ぶん》くらい。

【梶《かじ》野《の》篤《あつ》史《し》】

毎年思《まいとしおも》うんだが、夏休《なつやす》みってのは、七月の間《あいだ》はやたら長《なが》く感《かん》じる。

その上《うえ》、朝走《あさはし》るようになったから、一日《いちにち》がめちゃめちゃ長《なが》く感《かん》じるようになった。

朝《あさ》五時半《じはん》過《す》ぎにジャージとT《ティー》シャツ姿《すがた》で家《いえ》を出《で》た時《とき》から、夜《よる》八時《じ》に塾《じゅく》が終《お》わって、迎《むか》えにきた母《かあ》さんの車《くるま》に乗《の》りこむまでで、ひと月《つき》は経《た》ったんじゃないかってくらいの感覚《かんかく》だ。

山口《やまぐち》からは、ハガキが毎日届《まいにちとど》くようになった。

毎日《まいにち》だけど、こっちも、一日《いちにち》がものすごく長《なが》い気《き》がしているから、夜《よる》、母《かあ》さんからハガキを受《う》け取《と》る時《とき》は、「ああ、やっと新《あたら》しいハガキが見《み》られる」という気《き》がした。

鳥《とり》と空《そら》の絵《え》の次《つぎ》は、窓《まど》ガラスにくっついた、白《しろ》いヤモリの絵《え》だった。

その次《つぎ》は、コイの絵《え》。

ステンドグラスらしい窓《まど》の絵《え》も届《とど》いた。

変《へん》な形《かたち》の握《にぎ》りずしと吸《す》い物《もの》の絵《え》には、小《ちい》さい丸《まる》っこい字《じ》で「ハガキの人《ひと》と作《つく》って食《た》べた」と書《か》いてあった。

それから、稽古着《けいこぎ》を着《き》た男《おとこ》の人《ひと》の、後《うし》ろ姿《すがた》の絵《え》が続《つづ》いた。

きっと、これが「ハガキの人《ひと》」だ。

「この絵《え》、後《うし》ろ姿《すがた》なのが、おもしろいわね。山口《やまぐち》くん、まだちょっと緊張《きんちょう》してるのね」

母《かあ》さんが、俺《おれ》にハガキを差《さ》しだしながらくすっと笑《わら》った。

うちで郵便受《ゆうびんう》けから、ハガキを出《だ》すのは母《かあ》さんだから、母《かあ》さんは毎日《まいにち》、俺《おれ》より先《さき》に山口《やまぐち》のハガキを見《み》ている。

俺《おれ》は母《かあ》さんに、山口《やまぐち》のうちの事情《じじょう》を、通帳取《つうちょうと》り上《あ》げ事件《じけん》から机真《つくえま》っ二《ぷた》つ事件《じけん》まで、全部話《ぜんぶはな》していた。

母《かあ》さんは、山口《やまぐち》のハガキの人《ひと》が、たぶん、ひいおじいさんに当《あ》たる人物《じんぶつ》らしいということを知《し》ると、ものすごくほっとしていたし、お母《かあ》さんの許《ゆる》しが出《で》て、そこに行《い》けるようになった時《とき》には、俺《おれ》と同《おな》じくらい喜《よろこ》んでいた。

山口《やまぐち》が「妖怪《ようかい》みたいなんだ」って言《い》う、恐《おそ》ろしいばあさんのいる家《いえ》を脱出《だっしゅつ》して、いい夏休《なつやす》みを過《す》ごせていると思《おも》うと、俺《おれ》までうれしくなった。

ハガキに小《ちい》さくまとめた絵《え》もいいけど、学校《がっこう》の廊下《ろうか》に張《は》ってあったような、画用紙《がようし》を使《つか》ったでかい絵《え》も描《か》いたらいい。

とにかく、あいつは、もっと伸《の》び伸《の》びした方《ほう》がいいんだ。

俺《おれ》はまた、ハガキを出《だ》しておいた。

「山口《やまぐち》ボックス」はでかいんだから、たまには、でかい絵《え》を描《か》いてくれてもいいんだぞ。

【山口誠矢《やまぐちせいや》】

ハガキの人《ひと》のうちでの生活《せいかつ》にも、ずいぶん慣《な》れてきた。

毎日《まいにち》ぼくは、昼《ひる》まではアトリエで絵《え》を描《か》いて、午後《ごご》からは一人で図書館《としょかん》に行《い》った。

図書館《としょかん》は、アルファベットのU《ユー》みたいな川《かわ》の流《なが》れに削《けず》られてできた山《やま》の斜面《しゃめん》にあった。

のんびり歩《ある》いて三十分《ぷん》くらいのところだ。

図書館《としょかん》の前《まえ》にポストがあって、梶野《かじの》くん宛《あ》てのハガキは、いつもそこで投《とう》かんするようにしていた。

その後《あと》、図書館《としょかん》の中《なか》に入《はい》る。

片面《かためん》の壁《かべ》が、ガラス張《ば》りになっているから、下《した》を流《なが》れる緑色《みどりいろ》の川《かわ》がよく見《み》えた。

ガラスの壁側《かべがわ》に、一人掛《が》けの机《つくえ》が、向《む》かい合《あ》わせにいくつかあって、ぼくはいつも、その一《いち》番奥《ばんおく》の席《せき》を使《つか》うことにしていた。

エアコンが利《き》いていて、涼《すず》しいし、ぼんやりするのにはちょうどいい。

一応《いちおう》、夏休《なつやす》みの宿題《しゅくだい》を持《も》ってきていたけど、やったことは一度《いちど》もなくて、たいてい、画集《がしゅう》や、絵《え》の描《か》き方《かた》の本《ほん》を見《み》つけて読《よ》んだ。

その時《とき》もぼくは、日本の有名《ゆうめい》なアニメ作家《さっか》の画集《がしゅう》を開《ひら》いていた。

とてもきれいな水彩画《すいさいが》を描《か》く作家《さっか》さんで、どうしたらこんな風《ふう》に描《か》けるのかって、考《かんが》えながらページをめくっていた。

すると、目《め》の端《はし》に、何《なに》か動《うご》くものが見《み》えたんだ。

ガラスの向《む》こうに見《み》える、緑《みどり》の川《かわ》の中《なか》に、小《ちい》さな舟《ふね》が浮《う》いていた。

男《おとこ》の人《ひと》が乗《の》っていて、竿《さお》をさすたびに、すーっと川《かわ》の上《うえ》を移動《いどう》していく。

おもしろいくらい、すーっと動《うご》く。

もっと、近《ちか》くで見《み》たくなった。

画集《がしゅう》を本棚《ほんだな》に返《かえ》すと、ぼくは図書館《としょかん》を出《で》て、川《かわ》の方《ほう》へ続《つづ》く道《みち》を駆《か》け下《お》りた。

見《み》えてきた舟《ふね》は、木製《もくせい》だった。

こげ茶《ちゃ》と灰色《はいいろ》を混《ま》ぜたような色《いろ》の、小《ちい》さい木片《もくへん》が、パズルのように組《く》み合《あ》わさってできている。黄色《きいろ》っぽい竿《さお》は、竹《たけ》を一本切《いっぽんき》っただけのものだ。

緑色《みどりいろ》の川《かわ》に似合《にあ》う、雰囲気《ふんいき》のある舟《ふね》だった。

ぼくは、すっかり見《み》とれてしまった。

ちょうど、梶野《かじの》くんから、でかい絵《え》を描《か》いてもいいんだぞ、っていうハガキが届《とど》いたところで、大《おお》きな水彩画《すいさいが》を描《か》くには、ぴったりの素材《そざい》だった。

ぼくが熱心《ねっしん》に見《み》ていることに気《き》がつくと、その人《ひと》は、すーっと川岸《かわぎし》に寄《よ》ってきた。

「やあ」

その声《こえ》は、山《やま》の鳥《とり》の声《こえ》や、川《かわ》の音《おと》に混《ま》ざりながら、ぼくのところに届《とど》いた。

服装《ふくそう》もはっきりと見《み》えてきた。

ちょっとレトロな色合《いろあ》いのポロシャツに、ジーンズをはいている。

こっちを向《む》いた顔《かお》を見《み》て、ぼくは、どきっとした。

その人《ひと》の顔《かお》が、なんだか兄《にい》ちゃんに似《に》ていたからだ。

でも、年齢《ねんれい》がちがう。

若《わか》いけど、兄《にい》ちゃんよりも少《すこ》し年上《としうえ》の人《ひと》だ。

せっかく近《ちか》づいてきたのに、その人《ひと》は、木立《こだち》にまぎれて見《み》えなくなってしまった。

「あ、あれ？」

川《かわ》は、ぼくがいる道《みち》より五メートルくらい下《した》にあって、その間《あいだ》に木《き》がいっぱい生《は》えていたんだ。かなり探《さが》したけど、そのまま、どこに行《い》ったのか分《わ》からなくなってしまった。

でも、ぼくは、もうどうしても描《か》きたくなっていた。だから、探《さが》すのはあきらめて、木製《もくせい》の舟《ふね》と、乗《の》っていた人《ひと》の姿《すがた》を、必死《ひっし》に思《おも》いだそうとした。

思《おも》い出《だ》して描《か》こうとしたんだ。

ぼくの頭《あたま》の中《なか》で、こっちを向《む》いたその人《ひと》の顔《かお》が、何度《なんど》も兄《にい》ちゃんの顔《かお》に置《お》き替《か》わった。

竿《さお》が、古《ふる》びて黄色《きいろ》っぽくなった竹《たけ》だったのは覚《おぼ》えているけど、先《さき》の方《ほう》がどうなっていたのかは思《おも》いだせない。

同《おな》じように、舟《ふね》も、木《き》の板《いた》でできていたのは覚《おぼ》えているけど、どんな風《ふう》に組《く》み合《あ》わさっていたのかは、思《おも》いだせなかった。

どこまでが水《みず》に浸《つ》かっていたのかも、ぬれているところと、乾《かわ》いているところの色《いろ》のちがいも分《わ》からない。

「やっぱり、実物《じつぶつ》を見《み》ながら、ちゃんとスケッチしないと無理《むり》だ」

ため息《いき》をついて、家《いえ》へ帰《かえ》り始《はじ》めた時《とき》だ。

帰《かえ》り道《みち》の下《した》に見《み》えている川《かわ》に、まさに、さっきの人《ひと》と舟《ふね》の姿《すがた》があった。

今度《こんど》は、川《かわ》が浅《あさ》く、瀬《せ》になっている場所《ばしょ》で、河原《かわら》も広《ひろ》がっている。

河原《かわら》まで下《お》りていく階段《かいだん》まである。

ぼくは、大急《おおいそ》ぎで目《め》の前《まえ》の階段《かいだん》を駆《か》け下《お》りた。

スケッチブックは、こっちに来《き》てからいつもかばんに入《い》れて持《も》ち歩《ある》いていた。色《いろ》えんぴつも入《はい》っている。外《そと》では、えんぴつで描《か》いた後《あと》、色《いろ》えんぴつで色《いろ》をつけて、イメージをしっかり頭《あたま》に焼《や》きつけるようにしていた。

そうしておいてアトリエに戻《もど》り、描《か》く紙《かみ》に合《あ》った構図《こうず》を考《かんが》えて、一《いち》から描《か》き直《なお》す。絵《え》の具《ぐ》で色《いろ》をつけるのは、最後《さいご》の最後《さいご》だ。

「あの、すみません」

恥《は》ずかしくて、小《ちい》さい声《こえ》しか出《で》なかった。

でも、描《か》きたい気《き》もちの方《ほう》が強《つよ》かった。

ちょっと緊張《きんちょう》しつつ、ぼくは河原《かわら》へ下《お》りていった。

第《だい》三章《しょう》　のろしが焚《た》かれた日《ひ》のこと

【山口誠矢《やまぐちせいや》】

お願《ねが》いして、舟《ふね》の絵《え》を描《か》かせてもらえることになった。

舟《ふね》を描《か》くのは、すごく難《むずか》しかった。

ぼくが必死《ひっし》にスケッチしている間《あいだ》、「川《かわ》の人《ひと》（名前《なまえ》が分《わ》からないので、頭《あたま》の中《なか》でそう呼《よ》ぶことにした）」は、舟《ふね》を下《お》りて、河原《かわら》に座《すわ》って待《ま》っていてくれた。

「キミ、この辺《へん》の子《こ》じゃないよね。夏休《なつやす》みだから、遊《あそ》びに来《き》てるの？」

「あ、はい」

退屈《たいくつ》させてしまうのが申《もう》し訳《わけ》なくて、ぼくはできるだけ、がんばって話《はなし》をした。

「居合道《いあいどう》の道場《どうじょう》をしている白井《しらい》さんの家《いえ》に、居《い》させてもらってるんです。あの、なんか、ぼく、遠《とお》い親戚《しんせき》みたいな感《かん》じらしくて」

親戚《しんせき》なんだって、ぼくが言《い》ってしまっていいのかどうか、分《わ》からなかった。

だけど、ぼくがそう話《はな》しただけで、川《かわ》の人《ひと》はずいぶんうれしそうな、はずんだ声《こえ》になって聞《き》いてきた。

「へえっ、白井道場《しらいどうじょう》かあ。きょうだいはいないの？」

「あっ、います。兄《あに》が……」

「こっちには、一緒《いっしょ》に、来《き》てないの？」

「えーと……」

どう説明《せつめい》したものか、ちょっと悩《なや》んだ。

ほんの数日前《すうじつまえ》、ハガキの人相手《ひとあいて》に、少《すこ》し兄《にい》ちゃんの話《はなし》をしただけで、すっかり具合《ぐあい》が悪《わる》くなったところだったから。

でも、今度《こんど》はもう少《すこ》し、冷静《れいせい》に話《はな》せそうだった。「話《はな》せそう」というか、話《はな》してみたい気《き》がしていた。相手《あいて》が、全然《ぜんぜん》知《し》らない、全《まった》く関係《かんけい》のない人《ひと》だからかもしれない。

「えーと、兄《にい》ちゃ……、いえ、兄《あに》は、ちょっと前《まえ》から、自分《じぶん》の部屋《へや》に閉《と》じこもっちゃって、昼間《ひるま》は出《で》てこないんです。学校《がっこう》もずっと休《やす》んでて……」

川《かわ》の人《ひと》は、しばらく何《なに》も言《い》わなかった。

ぼくが少《すこ》しだけ話《はな》したことを、ゆっくり考《かんが》えているようだった。ずいぶん経《た》ってから、川《かわ》の人《ひと》が聞《き》いてきた。

「そのお兄《にい》さんって、いくつ？」

「十三で、中二《ちゅう》なんです。夜《よる》、家族《かぞく》が全員《ぜんいん》寝《ね》たら出《で》てきて、自分《じぶん》でごはんを作《つく》ったり、洗濯《せんたく》したりは、しているみたいなんですけど」

「えっ、中二《ちゅう》なのに自分《じぶん》でごはん作《つく》ったり、洗濯《せんたく》したりできるの？　ずいぶんしっかりした子《こ》なんだなあ」

そう言《い》ってもらえて、ぼくはものすごくほっとした。

そうだ、兄《にい》ちゃんは部屋《へや》から出《で》てこないけど、案外《あんがい》ちゃんとしているんだ。

ぼくは兄《にい》ちゃんのことをもっと話《はな》した。

「ぼくも一応《いちおう》、自分《じぶん》で料理《りょうり》も洗濯《せんたく》もできるんですけど、もともとは、全部《ぜんぶ》、兄《あに》が教《おし》えてくれたんです。絵《え》を描《か》くのも、本当《ほんとう》は兄《あに》の方《ほう》がうまくて、ぼくは真似《まね》してるだけで……。兄《あに》はすごいんです。中学《ちゅうがく》で美術部《びじゅつぶ》に入《はい》ってからは、イラストで、空想《くうそう》の生《い》き物《もの》みたいなものの絵《え》も、いっぱい描《か》くようになって。それがすごいリアルで、怖《こわ》いくらいうまいんです」

川《かわ》の人《ひと》は、首《くび》を伸《の》ばして、ぼくの、描《か》きかけの絵《え》をのぞいてきた。

「でも、君《きみ》の絵《え》もたいしたもんだよ。ちゃんと、いろんな角度《かくど》から描《か》いてるんだね」

「ぼくは、そんなにうまくないから、立体的《りったいてき》なものをいきなりは描《か》けなくて。いろいろ描《か》いて頭《あたま》の中《なか》でイメージを組《く》みたてて、最後《さいご》に構図《こうず》を決《き》めて描《か》くようにしてるんです」

「ふーん」

細《ほそ》いあごに指《ゆび》を当《あ》てて絵《え》をのぞきこむ川《かわ》の人《ひと》は、やっぱり兄《にい》ちゃんに似《に》ていた。立《た》った時《とき》に、ちょっと猫背《ねこぜ》なのも似《に》ていたし、遠《とお》くを見《み》るような、視線《しせん》の動《うご》かし方《かた》も似《に》ている。

話《はな》しながら、どうにか、舟《ふね》を描《か》くのに必要《ひつよう》なだけはスケッチすることができた。

「ありがとうございました。おかげでなんとか描《か》けそうです」

スケッチブックを閉《と》じて、お礼《れい》を言《い》った。

でも、描《か》いているうちに、舟《ふね》の中《なか》で、渦巻《うずま》いているロープや、さびた錨《いかり》の絵《え》も描《か》きたくなった。

川《かわ》の人《ひと》の絵《え》も描《か》きたかった。

舟《ふね》だけじゃなくて、長《なが》い竿《さお》を持《も》って、この人《ひと》が舟《ふね》の上《うえ》に立《た》っている姿《すがた》を描《か》きたい。それで、じーっと、舟《ふね》と川《かわ》の人《ひと》を見《み》つめてしまった。

そしたら、川《かわ》の人《ひと》の方《ほう》も、なんだか名残《なご》りおしそうだったんだ。

「ぼくは、いつもこの辺《へん》を、うろうろしてるから、しょっちゅう会《あ》うと思《おも》うよ。その時《とき》また描《か》いたらいいよ」

そう言《い》って、川《かわ》の人《ひと》は、川底《かわぞこ》にぐっと竿《さお》をさした。

たちまち、舟《ふね》がすーっと遠《とお》ざかった。

川《かわ》の人《ひと》がずっと手《て》を振《ふ》るから、ぼくは何《なん》べんもお辞儀《じぎ》して、それから、ちょっとだけ手《て》を振《ふ》った。

その日《ひ》から、川《かわ》の人《ひと》は、ほとんど毎日《まいにち》、姿《すがた》を見《み》せるようになった。

何《なに》をしている人《ひと》なんだろう。

謎《なぞ》だけど、たいてい午後《ごご》、ぼくが図書館《としょかん》から帰《かえ》る時《とき》に、舟《ふね》に乗《の》って川《かわ》のどこかにいた。

おかげでぼくは、舟《ふね》に乗《の》った川《かわ》の人《ひと》の絵《え》を描《か》くことができた。そして、それを大《おお》きな紙《かみ》に清書《せいしょ》して、梶野《かじの》くんに送《おく》ることもできたんだ。

【梶野《かじの》篤史《あつし》】

俺《おれ》は、雨《あめ》の日《ひ》も走《はし》った。カッパを着《き》てだ。

フードをかぶっても、出《で》ている顔《かお》や首元《くびもと》から雨《あめ》が入《はい》るから、びしょびしょになった。

靴《くつ》もぐっしょぐしょになった。

だけど、雨《あめ》だからって休《やす》むのは、自分《じぶん》が納得《なっとく》できなかった。

それに……、ああいうのを「ハイになる」って言《い》うんだろうか。

最初《さいしょ》は、ぬれて気《き》もち悪《わる》かったはずなのに、だんだん、逆《ぎゃく》に「気《き》もちいい、サイコー！」みたいな、おかしな感《かん》じになっていったんだ。

気《き》づいたら俺《おれ》は、「わはは」と声《こえ》を出《だ》して、笑《わら》いながら走《はし》っていた。

城《しろ》に着《つ》くと、いつも出会《であ》う大人《おとな》のランナーたちも、カッパを着《き》て走《はし》っていた。

みんな俺《おれ》と同《おな》じで、カッパを着《き》てびしょびしょなのに、いつもより楽《たの》しそうだから、もっと笑《わら》ってしまった。

何人《なんにん》かは、俺《おれ》に声《こえ》をかけてくれた。

「よう、ぼうず、がんばってるな」

「風邪《かぜ》引《ひ》くなよ」

声《こえ》をかけられると仲間《なかま》になったようで、うれしかった。

雨《あめ》に洗《あら》われた葉《は》っぱの緑《みどり》が、すごくきれいで、俺《おれ》は「世界《せかい》は美《うつく》しい」って本気《ほんき》で思《おも》った。感《かん》動《どう》して、なんだか、泣《な》きそうにまでなったんだ。

ところがその日《ひ》、塾《じゅく》に行《い》くと、隣《となり》の席《せき》に座《すわ》ったやつが声《こえ》をかけてきた。

同《おな》じ学校《がっこう》の、今井《いまい》ってやつだ。

「あ、梶野《かじの》……」

「なんだ?」

「うちのクラスラインに回《まわ》ってきたんだけどさ」

俺《おれ》は入《はい》っていないし、「招待《しょうたい》」されたこともないが、各《かく》クラスにクラスラインというのがある。

今井《いまい》は眠《ねむ》そうにひじをついたまま、片手《かたて》で器用《きよう》に、スマホの画面《がめん》を開《ひら》きながら聞《き》いてきた。

「これって、お前《まえ》だよな」

そこには、透明《とうめい》なカッパを着《き》て、不気味《ぶきみ》に笑《わら》いながら走《はし》る、頭《あたま》とケツが、やたらでかい小学《しょうがく》生《せい》の画像《がぞう》が写《うつ》っていた。

俺《おれ》だ。

背景《はいけい》は、駅前《えきまえ》のロータリーだ。

朝《あさ》、家《いえ》に向《む》かって帰《かえ》ってきているところを、誰《だれ》かが見《み》つけてかくし撮《ど》りしたらしい。

「別《べつ》の日《ひ》のも、あるみたいだけど」

今井《いまい》が画面《がめん》をスクロールすると、晴《は》れている日《ひ》の俺《おれ》の画像《がぞう》が出《で》てきた。

背景《はいけい》は、やっぱり駅前《えきまえ》だ。

へろへろで白目《しろめ》になった俺《おれ》の顔《かお》が、ご丁寧《ていねい》にアップ画像《がぞう》にされていた。

画像《がぞう》の下《した》に、いろいろとコメントがついていた。

珍獣発見《ちんじゅうはっけん》！
えっ、走《はし》るドラドラ？
どらどらど〜ら〜ど〜ら〜（←ドナドナの調《しら》べで）
どうしたドラ、ダイエットか？

「お前《まえ》、走《はし》ってんの？」

今井《いまい》はスマホを閉《と》じると、もっと眠《ねむ》そうな目《め》になって聞《き》いてきた。

今井自身《いまいじしん》は、特《とく》に、悪意《あくい》も興味《きょうみ》もなさそうだった。

「ああ……、まあな。ちょっと体力《たいりょく》つけようかと思《おも》って、な……」

俺《おれ》はげんなりして、机《つくえ》に突《つ》っぷした。

写真《しゃしん》って、残酷《ざんこく》だ。

かっこ悪《わる》い俺《おれ》の、真《しん》の姿《すがた》が、見事《みごと》にそのまま写《うつ》っちまうんだから。


山口《やまぐち》からでかい絵《え》が届《とど》いたのは、そんな時《とき》だった。

大《おお》きめの封筒《ふうとう》に、厚紙《あつがみ》と一緒《いっしょ》に入《はい》っていた。

出《だ》した瞬間《しゅんかん》、俺《おれ》は、「おおっ」と叫《さけ》んだ。

「やっぱり、大《おお》きい絵《え》もいいじゃんか、へえ〜」

思《おも》わずため息《いき》が出《で》た。

細長《ほそなが》い木《き》の舟《ふね》に乗《の》って、長《なが》い竿《さお》を持《も》った若《わか》い男《おとこ》の人《ひと》が、ほほ笑《え》んでいる絵《え》だった。

絵《え》の下《した》の方《ほう》にえんぴつで、「川《かわ》の人《ひと》」と書《か》いてある。

背景《はいけい》には、蛇《へび》のような、竜《りゅう》のような、妙《みょう》に迫力《はくりょく》のある緑色《みどりいろ》の川《かわ》が描《か》かれていた。

山口《やまぐち》は本当《ほんとう》に絵《え》がうまいと思《おも》う。

木《き》の舟《ふね》の細《こま》かい継《つ》ぎ目《め》や、竿《さお》が竹《たけ》だってことも、ちゃんと分《わ》かるように描《か》いているんだ。

「見《み》せて見《み》せて！」

リビングで絵《え》を広《ひろ》げていたら、母《かあ》さんが目《め》を輝《かがや》かせて飛《と》んできた。すっかり山口《やまぐち》の絵《え》のファンになっているんだ。

「あら、ほんと、大《おお》きな絵《え》もいいわね！　この人《ひと》、誰《だれ》かしら、男前《おとこまえ》ねえ」

母《かあ》さんは、絵《え》の人《ひと》に見《み》とれてうっとりしていた。

「うん、誰《だれ》だろな」

俺《おれ》は絵《え》を見《み》て、首《くび》をひねった。

その絵《え》はでかいだけじゃなくて、今《いま》までのものとは何《なに》か……、ちがう感《かん》じがした。

そして、その大《おお》きな絵《え》が届《とど》いた後《あと》、山口《やまぐち》は絵《え》を送《おく》ってこなくなってしまったんだ。

【山口誠矢《やまぐちせいや》】

お昼《ひる》に、台所《だいどころ》でハガキの人《ひと》と作《つく》った冷《ひ》やし中華《ちゅうか》を食《た》べている時《とき》だった。

電話《でんわ》が鳴《な》って、ハガキの人《ひと》が出《で》た。

「こちらこそ、来《き》てもらえて、毎日楽《まいにちたの》しくやらせてもらっています。あ、はい、おりますよ。お待《ま》ちください、代《か》わりましょう」

静《しず》かな声《こえ》で、「誠矢《せいや》くん」と呼《よ》ばれた。

「お母《かあ》さんからじゃ。わしは、ちょっと不燃《ふねん》ゴミを出《だ》してくるよ。お母《かあ》さんと、ゆっくり話《はな》してええからね」

「うん」

ぼくが受話器《じゅわき》を受《う》け取《と》ると、ハガキの人《ひと》は、カラカラと、玄関《げんかん》を開《あ》けて出《で》ていった。

ハガキの人《ひと》の冷《ひ》やし中華《ちゅうか》は、まだ食《た》べかけだった。

気《き》を使《つか》って、一人にしてくれたんだと思《おも》った。

ハガキの人《ひと》は、こうして、ぼくのことを、ほうっておいてくれるのが、すごくうまいんだ。

母《かあ》さんと話《はな》すのは、変《へん》な感《かん》じだった。

「もしかして、今《いま》、職場《しょくば》？」

「ううん、仕事帰《しごとがえ》り」

母《かあ》さんは、あの家《いえ》では、ほとんどしゃべらない。

父《とう》さんが亡《な》くなる前《まえ》、みんなでアパートに住《す》んでいた頃《ころ》は、もっとおしゃべりで明《あか》るい人《ひと》だった気《き》がする。

でも、ばあちゃんの家《いえ》に来《き》てから、存在感《そんざいかん》がなくなった。

ほんとに、幽霊《ゆうれい》みたいになった。

「お豆腐屋《とうふや》さんの角《かど》の公園《こうえん》にいるのよ。家《いえ》の中《なか》からは、かけられないから」

母《かあ》さんの声《こえ》は、やっぱりため息《いき》みたいに小《ちい》さく、遠《とお》く聞《き》こえた。

ぼくをこっちに送《おく》りだしてくれた時《とき》は、少《すこ》し元気《げんき》になっていたのに。

「ばあちゃん怒《おこ》ってる？」

「すごくね。でも、さすがに、もうあきらめてるかな」

「そっか……」

おそるおそるぼくは聞《き》いた。

「兄《にい》ちゃん、どう？　ぼくがいなくなったら、昼間《ひるま》でも、部屋《へや》から出《で》てきたりしてるんじゃない？」

「流唯《るい》は、相変《あいか》わらずよ」

がっかりする気《き》もちと、やっぱり、と思《おも》う気《き》もちがいっぺんに来《き》た。

兄《にい》ちゃんのためにできることは、ぼくが夏休《なつやす》みに家《いえ》から姿《すがた》を消《け》すことだけで、ぼくは、それをとてもうまくやったつもりだったのに。

受話器《じゅわき》を握《にぎ》る手《て》に力《ちから》が入《はい》った。

「母《かあ》さんは、全然《ぜんぜん》、兄《にい》ちゃんの姿《すがた》を見《み》てないの？　ちゃんとごはんとか食《た》べてるの？」

母《かあ》さんを責《せ》めるような、きつい言《い》い方《かた》になった。

「姿《すがた》は見《み》てる。でも、夜中《よなか》に廊下《ろうか》ですれちがうくらいで、声《こえ》をかけても、絶対《ぜったい》に口《くち》をきいてくれないのよ。ごはんは少《すこ》しは食《た》べてるみたい。だけど、私《わたし》やばあちゃんが作《つく》っておいたおかずは、絶対《ぜったい》に食《た》べないのよ」

もう一つ聞《き》くことにした。

これを聞《き》くのは、もっと怖《こわ》かった。

「兄《にい》ちゃんって、ぼくがどこに行《い》ったのかとか、聞《き》いてこないの？」

「聞《き》くって言《い》ったって、そもそも、流唯《るい》とは全《まった》く話《はなし》をしてないのよ」

「もう、二週間《しゅうかん》も経《た》ってるのに？　ぼくが、二週間《しゅうかん》も家《いえ》に居《い》ないのに？」

いつの間《ま》にか、ぼくは怒鳴《どな》っていた。

「お兄《にい》ちゃんが、ああなってるのは、誠矢《せいや》のせいじゃないと思《おも》うわよ」

母《かあ》さんが、なだめるように言《い》った。

「夏休《なつやす》みに、あなたがそっちに行《い》けたのは、よかったと思《おも》うのよ。あなた、心配《しんぱい》しすぎて、つらそうだったから。きれいな空気《くうき》を吸《す》って、ゆっくりして、気分転換《きぶんてんかん》できてるんでしょう？」

母《かあ》さんは、またお盆《ぼん》くらいに連絡《れんらく》するわね、と言《い》って電話《でんわ》を切《き》った。

突然《とつぜん》、絵《え》を描《か》くのが嫌《いや》になった。

あんなに毎日《まいにち》、「今日《きょう》は何《なに》を描《か》こう」ってわくわくしてたのに。

スケッチブックを見《み》るのも嫌《いや》になった。

ちょうど、雨《あめ》の日《ひ》が続《つづ》いたこともあって、外《そと》にも出《で》なかった。

アトリエにも行《い》かず、布団《ふとん》と荷物《にもつ》のある部屋《へや》で、ぼんやりしていた。

ほんとに、そのまま、いつまでも、ぐずぐずしていそうだった。だけど、ありがたいことに、そうはならなかった。

梶野《かじの》くんが、電話《でんわ》してきてくれたんだ。

「友《とも》だちから電話《でんわ》がかかっとるよ」

そう言《い》ってハガキの人《ひと》が呼《よ》びに来《き》てくれた時《とき》は、本当《ほんとう》にびっくりした。

ハガキの人《ひと》も、すごくうれしそうに、にこにこしていた。


「よう！」

受話器《じゅわき》から聞《き》こえた梶野《かじの》くんの声《こえ》は、母《かあ》さんの声《こえ》と全然《ぜんぜん》ちがった。

影《かげ》が一つもない、真昼《まひる》のグラウンドみたいに、ぴっかぴかに元気《げんき》なんだ。

受話器《じゅわき》を耳《みみ》に当《あ》てると、すぐ、ぼくは聞《き》いてみた。

「この家《いえ》の電話番号《でんわばんごう》、どうして分《わ》かったの？」

「ネットで調《しら》べたんだ。居合道協会《いあいどうきょうかい》のホームページに、島根《しまね》の白井道場《しらいどうじょう》の電話番号《でんわばんごう》ってのが、のっていたから、多分《たぶん》、同《おな》じだろうなって思《おも》ってかけたんだ。当《あ》たっていてよかったよ」

「うわあ、そんな調《しら》べ方《かた》があったんだ」

母《かあ》さんは、この家《いえ》の電話番号《でんわばんごう》が分《わ》からないから、ハガキの人《ひと》に手紙《てがみ》を書《か》いて、それで自分《じぶん》の携帯《けいたい》に、直接電話《ちょくせつでんわ》をかけてもらったんだ。

さすが梶野《かじの》くんだと、感心《かんしん》した。

「ところでさ、俺《おれ》のうちに絵《え》が届《とど》かなくなってんだけど、なんで？　風邪《かぜ》引《ひ》いてんのかと思《おも》ったけど、山口《やまぐち》って、風邪《かぜ》引《ひ》いても、『おかゆの絵《え》』とか『風邪薬《かぜぐすり》の絵《え》』とか、『布団《ふとん》に寝《ね》て見《み》える窓《まど》の絵《え》』とか、うきうきしながら描《か》きそうじゃん。なのに、急《きゅう》に変《へん》だなと思《おも》ってさ」

「ふふふ」

笑《わら》ってから、自分《じぶん》が笑《わら》い声《ごえ》を出《だ》したことにおどろいてしまった。

「どうしてって……、なんでだろう。なんか急《きゅう》に、ぼく、のんびり絵《え》なんか描《か》いてて、いいのかなって考《かんが》えちゃって」

「いいに決《き》まってんだろ、夏休《なつやす》みなんだぞ！」

梶野《かじの》くんの声《こえ》は、夏休《なつやす》み前《まえ》より、力強《ちからづよ》くてしっかりしている気《き》がした。

「いいか、聞《き》いておどろけ。俺《おれ》は、お前《まえ》が送《おく》った最初《さいしょ》の『鳥《とり》と空《そら》の絵《え》』のハガキを見《み》て感動《かんどう》しちゃったんだよ。それで、俺《おれ》だって負《ま》けずに、すげえ夏休《なつやす》みにするぞって思《おも》って、あの日《ひ》から毎日《まいにち》、五時半《じはん》に起《お》きて走《はし》ってるんだぜ。城《しろ》まで行《い》ってぐるっと回《まわ》って帰《かえ》ってきてるんだ」

「えっ、お城《しろ》まで？　お城《しろ》って、遠《とお》いよ？」

「一日《いちにち》も休《やす》んでないぜ。雨《あめ》の日《ひ》もカッパ着《き》て走《はし》ってるんだ」

「すごい……」

「とか言《い》いながら……」

梶野《かじの》くんの声《こえ》のトーンが、急《きゅう》に下《さ》がってきた。

「俺《おれ》もちょっと、一瞬《いっしゅん》だけ、くじけそうになってたんだ。走《はし》ってる姿《すがた》を、誰《だれ》かにかくし撮《ど》りされていたんだけど、その画像《がぞう》を見《み》たら、走《はし》ってる俺《おれ》って、めちゃくちゃかっこ悪《わる》かったからさ、あはははは っ」

最後《さいご》の方《ほう》は、やけくそみたいな笑《わら》い方《かた》になっていた。

「かくし撮《ど》りって、誰《だれ》に？」

ぼくは、心配《しんぱい》になって聞《き》いたんだけど、梶野《かじの》くんは、何《なん》でもないみたいに答《こた》えた。

「見当《けんとう》はついてる。駅前《えきまえ》のマンションに住《す》んでるクラスのやつ。でも、別《べつ》にいいんだ。余計《よけい》に気合《きあい》が入《はい》ったから。だってさ、かっこ悪《わる》いからってやめたら、本当《ほんとう》にかっこ悪《わる》いだろう？　俺《おれ》は、夏休《なつやす》みの間《あいだ》は、毎日《まいにち》、意地《いじ》でも走《はし》り続《つづ》けることにした。笑《わら》いたきゃ笑《わら》えってことで、俺《おれ》は走《はし》るぜ！」

「それ、めちゃくちゃかっこいいよ」

「だから、山口《やまぐち》、お前《まえ》も余計《よけい》なこと考《かんが》えずに、毎日絵《まいにちえ》を描《か》けよ。描《か》いてうちに送《おく》ってくれ。うちの親《おや》も楽《たの》しみにしてんだぜ。『ねじれた木《き》シリーズ』とか、あれ、すごくいいよ」

「ねじれた木《き》シリーズ？」

「ああ、俺《おれ》んち、お前《まえ》が送《おく》ってくるハガキの絵《え》に、勝手《かって》にタイトルをつけているんだ。『夕暮《ゆうぐ》れのねじれた木《き》』とか、『雨《あめ》の日《ひ》のねじれた木《き》』とか、あの木《き》の絵《え》のシリーズだよ」

「ああ、河原《かわら》の木《き》の絵《え》か」

図書館《としょかん》に行《い》く途中《とちゅう》の河原《かわら》に一本《いっぽん》だけ、不思議《ふしぎ》な形《かたち》の木《き》が生《は》えているんだ。くるっと振《ふ》り返《かえ》った姿勢《しせい》で立《た》っている人《ひと》みたいに見《み》えて、おもしろいから何枚《なんまい》も描《か》いた。雨《あめ》の日《ひ》の様子《ようす》も描《か》きたくて、カサを差《さ》して見《み》に行《い》って描《か》いたんだった。

「そうだった。ぼく、雨《あめ》の日《ひ》でも外《そと》に描《か》きに行《い》ってたんだ……」

描《か》きたいものを見《み》つけた時《とき》の、胸《むね》がわくわくっとする感《かん》じが、よみがえってきた。

梶野《かじの》くんからの電話《でんわ》の後《あと》、ハガキの人《ひと》が車《くるま》で、おやつを買《か》いにパン屋《や》に連《つ》れていってくれることになった。

「梶野《かじの》くんというのは、同《おな》じ組《くみ》の友《とも》だちかね？」

ハガキの人《ひと》が運転《うんてん》しながら聞《き》いてきた。

ハガキの人《ひと》は、クラスのことを、組《くみ》って言《い》うみたいだ。

「ううん、一回《いっかい》も同《おな》じクラスになったことないんだ。知《し》り合《あ》ったのも、夏休《なつやす》みのすぐ前《まえ》だし」

さすがに、ここがどんな場所《ばしょ》かパソコンで調《しら》べてもらって仲良《なかよ》くなったとは話《はな》せなかった。

「よっぽど、気《き》が合《あ》ったんじゃなあ」

「うん、頭《あたま》が大《おお》きくて、脳《のう》みそがいっぱいつまってるみたいな子《こ》なんだ。運動《うんどう》は全然得意《ぜんぜんとくい》じゃないのに、この夏休《なつやす》みにランニングを始《はじ》めたんだって。がんばって毎日走《まいにちはし》るから、ぼくにも、毎《まい》日絵《にちえ》を描《か》いてハガキを出《だ》せって。出《だ》さなかった日《ひ》の分《ぶん》もまとめて、今《いま》から描《か》いて出《だ》せって、なんか怒《おこ》られた」

「それは、本当《ほんとう》にいい友《とも》だちじゃなあ」

ハガキの人《ひと》が感心《かんしん》したように言《い》うので、ぼくもうれしくなった。

パン屋《や》は、小学校《しょうがっこう》の近《ちか》くにあった。

木造《もくぞう》の小《ちい》さいパン屋《や》さんだった。あ、描《か》きたい、と思《おも》うお店《みせ》だった。

それで、パンを買《か》って出《で》た後《あと》、さっそく駐車場《ちゅうしゃじょう》のエアコンを利《き》かせた車《くるま》の中《なか》で、パン屋《や》の絵《え》を描《か》いた。

ハガキの人《ひと》は、運転席《うんてんせき》で買《か》ったパンをかじりながら待《ま》っていてくれた。

売《う》っていたパンも、なんていうか、昔《むかし》っぽくて、ぼくにはめずらしかった。食《しょく》パンにマーガリンをたっぷり塗《ぬ》って、ざらざらになるまで砂糖《さとう》をまぶしたのと、赤《あか》くて丸《まる》いゼリーが飾《かざ》りに付《つ》いているパンを選《えら》んだ。

買《か》って帰《かえ》って、家《いえ》で食《た》べる前《まえ》に、そのパンの絵《え》も描《か》くことにした。やっぱり、絵《え》を描《か》くのはおもしろいし、楽《たの》しい。でも、楽《たの》しいと思《おも》うと、胸《むね》の底《そこ》の方《ほう》が、ひやっとする。

楽《たの》しくていいのかな、と思《おも》ってしまう。

「いいに決《き》まってんだろ。夏休《なつやす》みなんだぞ！」

絵《え》を描《か》いている間《あいだ》、梶野《かじの》くんがそう言《い》ってくれたことを、何《なん》べんも思《おも》い出《だ》した。

次《つぎ》の日《ひ》は、雨《あめ》も上《あ》がったし、久《ひさ》しぶりに外《そと》に出《で》てみた。

「ねじれた木《き》シリーズ」の、「暑《あつ》い日《ひ》の木《き》」を描《か》くことにした。石《いし》がごろごろ転《ころ》がる河原《かわら》に座《すわ》りこんで描《か》いていたら、背後《はいご》で人《ひと》の声《こえ》がした。

「やあ、また描《か》いてるんだ」

「わっ」

おどろいて振《ふ》り向《む》くと、川《かわ》の中《なか》ほどに、舟《ふね》に乗《の》った川《かわ》の人《ひと》がいた。

「あ、こんにちは」

舟《ふね》は、へさきを浅《あさ》い河原《かわら》の石《いし》の中《なか》に突《つ》っこむようにして、すっと止《と》まった。

「じゃあ、ぼくもちょっと休憩《きゅうけい》しようかな」

川《かわ》の人《ひと》がさびた錨《いかり》とロープを手《て》に持《も》って、舟《ふね》から下《お》りてきた。

川《かわ》の人《ひと》は、ぼくを見《み》つけると、いつもこんな感《かん》じで、自分《じぶん》からやってきてくれる。

「あっ、あの、今日《きょう》はそれを、描《か》かせてもらっていいですか」

「この錨《いかり》？　いいよ、どこに置《お》こうか」

いろいろ迷《まよ》って、結局《けっきょく》、浅《あさ》い水《みず》の中《なか》に寝《ね》かせるように置《お》いてもらった。

急《いそ》いで描《か》き始《はじ》めた。

「君《きみ》、変《か》わってるよね。よく言《い》われない？」

「えーと、は、はい……」

そういえば、梶野《かじの》くんにも変《か》わってるって言《い》われたっけ。

ぼくが描《か》き始《はじ》めると川《かわ》の人《ひと》は、河原《かわら》をぶらぶら歩《ある》いて、伸《の》びをしたり、軽《かる》く体操《たいそう》したりしていた。

そうして、一通《ひととお》りその辺《へん》をぐるっと歩《ある》き回《まわ》ると、ぼくの隣《となり》にやってきた。

「そういえば、お兄《にい》さんも、絵《え》を描《か》くって言《い》ってたよね？」

「あ、はい」

「ここに来《き》てくれたらいいのになあ」

そうだった、この人《ひと》には、兄《にい》ちゃんのことを話《はな》したんだ。

兄《にい》ちゃんが学校《がっこう》に行《い》かなくなって、しかも、家族《かぞく》と顔《かお》を合《あ》わせないようにして生活《せいかつ》していることも。

「兄《あに》は……、来《こ》ないと思《おも》います」

「家《いえ》から出《で》るのが、難《むずか》しい感《かん》じなの？」

「そうじゃなくて、兄《あに》は、ぼくに会《あ》いたくないと思《おも》うから。ぼくが、ここにいたら、絶対《ぜったい》に来《こ》ないです」

「でも、君《きみ》って、お兄《にい》さんのこと、すごく好《す》きなんでしょ？」

「はい」

川《かわ》の人《ひと》は、首《くび》をかしげた。

「分《わ》からないな、けんかしたの？」

「けんか？」

あれは、けんかっていうのかな。

あんまりひどいことだったから、思《おも》いだすのもやめていたんだ。

ぼくは、ゆっくり話《はな》してみることにした。兄《にい》ちゃんがひどいやつだと思《おも》われないように、ものすごく気《き》をつけて。

「学校帰《がっこうがえ》りに、兄《あに》を見《み》かけたんです。スーパーの駐車場《ちゅうしゃじょう》で、いっぱい中学生《ちゅうがくせい》がいて、なんか様《よう》子《す》が変《へん》だったから見《み》てたら、なんていうか、先輩《せんぱい》みたいな人《ひと》の言《い》いなりになって、手下《てした》みたいに使《つか》われてて」

本当《ほんとう》のことは、言《い》えなかった。

あの日《ひ》、兄《にい》ちゃんは、命令《めいれい》されて万引《まんび》きをさせられていたんだ。店《みせ》から、自分《じぶん》の中学校《ちゅうがっこう》のカバンに、盗《ぬす》んだものをつめこんで出《で》てきた。兄《にい》ちゃんの教科書《きょうかしょ》やノートは、駐車場《ちゅうしゃじょう》の他《ほか》の中学生《ちゅうがくせい》の足元《あしもと》に積《つ》んであった。

最初《さいしょ》、「まさか」って、思《おも》った。でも、本当《ほんとう》にそうだ、まちがいないって分《わ》かった時《とき》は、吐《は》きそうになった。

ぼくは、死《し》ぬまで、あの日《ひ》のことを誰《だれ》にも言《い》わないだろう。

「とにかく、その時兄《ときあに》は……、ぼくが見《み》ているってことに、気《き》づいちゃったんです」

川《かわ》の人《ひと》は、隣《となり》にしゃがんで、ぼくが話《はな》すことを、だまって聞《き》いていた。

「兄《あに》もショックだったと思《おも》うけど、ぼくもびっくりしてしまって……、その場《ば》から走《はし》って逃《に》げたんです」

ぼくの話《はなし》を、川《かわ》の人《ひと》がすごくちゃんと聞《き》いてくれているのが分《わ》かった。

ぼくは話《はなし》を続《つづ》けた。

「ぼくが先《さき》に家《いえ》に帰《かえ》ったら、後《あと》から兄《にい》ちゃんも帰《かえ》ってきて、その後《あと》、その、けんかに……」

そうだ、あの時《とき》、最初《さいしょ》、兄《にい》ちゃんから声《こえ》をかけてきたんだ。

「誠矢《せいや》……」

って、すごく疲《つか》れた声《こえ》で。

それで、ぼくの肩《かた》に手《て》をかけてきた。

ぼくはそれを振《ふ》り払《はら》ったんだ。

「触《さわ》るな！」

それから、喉《のど》がつぶれるくらいの大声《おおごえ》で叫《さけ》んだ。

「お前《まえ》なんか、兄《にい》ちゃんじゃない！」

生《う》まれて初《はじ》めて、兄《にい》ちゃんのことを「お前《まえ》」って呼《よ》んだ。

兄《にい》ちゃんは何《なん》でもできて、ずっとぼくの憧《あこが》れだった。だから、ぼくは本当《ほんとう》に頭《あたま》に来《き》てしまって、こんなに怒《おこ》ったことないってくらいに怒《おこ》っていたんだ。

そしたら、兄《にい》ちゃんがぼくを殴《なぐ》った。

ぼくはふっ飛《と》んで、テレビ台《だい》に思《おも》いっきりぶつかった。

テレビが、ぐらっとゆれて、ぼくの方《ほう》へゆっくり傾《かたむ》いてきて倒《たお》れた。起《お》き上《あ》がって倒《たお》れたテレビをどかしたら、液晶画面《えきしょうがめん》にひびが入《はい》っていた。一緒《いっしょ》に転《ころ》がった、金色《きんいろ》の盾《たて》の角《かど》がぶつかったんだ。その盾《たて》は、兄《にい》ちゃんが、絵《え》の全国《ぜんこく》コンクールで表彰《ひょうしょう》されてもらった盾《たて》だった。

兄《にい》ちゃんはだまって、部屋《へや》に行《い》ってしまった。

帰《かえ》ってきたばあちゃんと母《かあ》さんには、ぼくが一人で部屋《へや》の中《なか》で遊《あそ》んでいて、テレビを倒《たお》してしまったって、話《はな》した。

めちゃくちゃ怒《おこ》られた。

テレビって、すごく高《たか》いものだから。

その日《ひ》からだ。

兄《にい》ちゃんは、学校《がっこう》に行《い》かなくなって、家《いえ》の中《なか》でも、家族《かぞく》と顔《かお》を合《あ》わせなくなってしまった。

ぼくは、川《かわ》の人《ひと》にも、兄《にい》ちゃんが万引《まんび》きさせられていたことは話《はな》さなかった。

兄《にい》ちゃんが、ぼくを殴《なぐ》ったことも話《はな》さなかった。

ただ、「兄《にい》ちゃんが人《ひと》の手下《てした》みたいになっていたのを見《み》て、ぼくが怒《おこ》ってひどいことを言《い》って、けんかになった」という風《ふう》に話《はな》した。

本当《ほんとう》のことを全部話《ぜんぶはな》すと、兄《にい》ちゃんが、悪《わる》く思《おも》われてしまう。

そんなのは絶対《ぜったい》に嫌《いや》なんだ。

知《し》らなかったんだけど、テレビって、液晶画面《えきしょうがめん》が割《わ》れても映《うつ》る。割《わ》れたところだけ、変《へん》な感《かん》じになるけど、何《なん》とか見《み》られる。新《あたら》しいテレビに買《か》いかえるまで、割《わ》れたテレビを見《み》る度《たび》に、あの日《ひ》のことは夢《ゆめ》じゃなくて現《げん》実《じつ》なんだって思《おも》い知《し》らされた。テレビが割《わ》れていなかったら、ぼくは殴《なぐ》られたことを、なかったことにできたかもしれない。

体《からだ》が痛《いた》いのは、ほうっておいたら治《なお》るんだから。

だけど、テレビは割《わ》れていて、ぼくは「兄《にい》ちゃんに殴《なぐ》られたんだ」って何《なん》度《ど》も繰《く》り返《かえ》し思《おも》いだすことになってしまった。

全部《ぜんぶ》じゃないけど、それでもあの日《ひ》のことを話《はな》したら、体《からだ》の中《なか》の空気《くうき》が全部《ぜんぶ》抜《ぬ》けていくような、長《なが》い長《なが》いため息《いき》が出《で》た。

「ぼく、なんで、あんなに怒《おこ》ったんだろう。もっと、ちゃんと兄《にい》ちゃんの話《はなし》を聞《き》いたりすればよかったのに」

川《かわ》の人《ひと》は、じっとだまって聞《き》いていた。

ぼくが話《はな》さなかった部分《ぶぶん》も想像《そうぞう》して、全部《ぜんぶ》見通《みとお》しているみたいだった。

「君《きみ》、まだ名前《なまえ》を聞《き》いてなかったよね。名前《なまえ》を聞《き》いてもいい？」

「あ、誠矢《せいや》です」

「どんな字《じ》？」

「誠実《せいじつ》の誠《せい》に、弓矢《ゆみや》の矢《や》です」

川《かわ》の人《ひと》は目《め》をつむって、一度《いちど》うなずくようにしてから言《い》った。

「誠矢《せいや》くん、今《いま》の話《はなし》だけど、君《きみ》は全然悪《ぜんぜんわる》くないよ」

「えっ」

「君《きみ》は、お兄《にい》さんの心配《しんぱい》をしすぎて、何《なん》でも自分《じぶん》が悪《わる》いみたいに考《かんが》えてしまっているんだよ。でも、君《きみ》は、全《まった》く何《なに》も悪《わる》くない。お兄《にい》さんは、怒《おこ》っていて君《きみ》に会《あ》いたくないんじゃないと思《おも》うよ。恥《は》ずかしくて、顔《かお》が合《あ》わせられないんだよ」

「恥《は》ずかしくて？」

「だって、ずいぶん自慢《じまん》のお兄《にい》さんだったらしいじゃない。何《なん》でもできて、料理《りょうり》もして、他《ほか》の家事《かじ》もやって、全部《ぜんぶ》、弟《おとうと》に『いい兄《あに》』だって思《おも》われるようにがんばってたんだよ。君《きみ》のことがすごく好《す》きだからね、よく思《おも》われたくてがんばっていたんだ」

ぼくは、兄《にい》ちゃんが、「がんばっていた」なんて考《かんが》えたこともなかった。

「でもぼく、本当《ほんとう》にひどいこと言《い》ってしまったから、兄《にい》ちゃんはきっと、ぼくが兄《にい》ちゃんを嫌《きら》いになったと思《おも》ってる……」

我慢《がまん》できなくて途中《とちゅう》から涙声《なみだごえ》になった。

でも、頭《あたま》の中《なか》のぐちゃぐちゃが、少《すこ》し片《かた》づいてきた。

「大丈夫《だいじょうぶ》だよ。誰《だれ》かを好《す》きだとか、大切《たいせつ》に思《おも》う気《き》もちって、強《つよ》くて特別《とくべつ》なんだ。お兄《にい》さんには、ちゃんと届《とど》いているよ」

川《かわ》の人《ひと》は、しゃがんだまま、川《かわ》に向《む》かって石《いし》を投《な》げた。

石《いし》は、音《おと》も立《た》てずに、川《かわ》の水《みず》の中《なか》にすっともぐっていった。

石《いし》が沈《しず》むのを見届《みとど》けると、川《かわ》の人《ひと》は、並《なら》んで座《すわ》っているぼくの方《ほう》に体《からだ》を向《む》けた。

「君《きみ》が、がんばってつらい話《はなし》をしてくれたから、ぼくも、一つ話《はなし》をしよう。友人《ゆうじん》の話《はなし》なんだけどね。まあ、君《きみ》は、絵《え》を描《か》きながら聞《き》いてくれ」

そうして、川《かわ》の人《ひと》は、話《はなし》を始《はじ》めた。

「その友人《ゆうじん》はね、成人《せいじん》はしていたんだけど、まだ学生《がくせい》だった。ちょうど今《いま》みたいな夏休《なつやす》みに、都《と》会《かい》から田舎《いなか》に『帰省《きせい》』してきていたんだ。『帰省《きせい》』って知《し》ってる？」

「ニュースで帰省《きせい》ラッシュって聞《き》きます」

「それそれ」

話《はな》しながら、川《かわ》の人《ひと》が、また一つ、川《かわ》に石《いし》を投《な》げた。今度《こんど》も石《いし》は、すっと水《みず》の中《なか》にもぐっていった。

「友人《ゆうじん》は、帰省《きせい》して、久《ひさ》しぶりに会《あ》った地元《じもと》の友《とも》だちの何人《なんにん》かと車《くるま》に乗《の》って、海《うみ》に遊《あそ》びに行《い》った。そこで、子《こ》どもが溺《おぼ》れているのを見《み》つけてしまったんだ。彼《かれ》は、泳《およ》ぎが得意《とくい》だったから、もちろん助《たす》けに行《い》った。でも、思《おも》ったより海《うみ》は深《ふか》くてね、溺《おぼ》れている子《こ》どもを岸《きし》までつれて泳《およ》ぐってことは、大変《たいへん》なことだったんだ」

川《かわ》の人《ひと》は、ちょっと空《そら》を見上《みあ》げるようにしてから、また話《はなし》を続《つづ》けた。

「子《こ》どもは、助《たす》けることができたんだけど、彼《かれ》は、力尽《ちからつ》きて海《うみ》の底《そこ》に沈《しず》んでしまったんだ。救出《きゅうしゅつ》されるまで、しばらく時間《じかん》がかかった。それで、そのまま意識《いしき》が戻《もど》らなくなったんだよ。意《い》識《しき》が戻《もど》らないっていうのは、分《わ》かるかな？」

「えーと、ずっと、眠《ねむ》ったみたいになるってこと？」

「そう、それで、彼《かれ》は三か月間《げつかん》、実家《じっか》の近《ちか》くの病院《びょういん》に入院《にゅういん》した。一緒《いっしょ》に海《うみ》に行《い》っていた友《とも》だちは、みんな、自分《じぶん》たちが海《うみ》に誘《さそ》ったせいだって、ものすごく自分《じぶん》を責《せ》めた。誰《だれ》かのことを心配《しんぱい》するって、つらいんだよね。眠《ねむ》ったままの彼《かれ》のために、何《なに》かできないか、って必死《ひっし》に考《かんが》えた時《とき》、誰《だれ》かが『のろし』を焚《た》こうって言《い》いだしたんだ」

川《かわ》の人《ひと》は、ちょっと首《くび》をかしげたぼくに気《き》づいて、のろしの説明《せつめい》をしてくれた。

「のろしっていうのは、昔《むかし》、戦《いくさ》の時《とき》に、使《つか》われた煙《けむり》の合図《あいず》のことなんだ。時代劇《じだいげき》とかで見《み》たことない？」

「映画《えいが》で見《み》たことがあるかも……。昔《むかし》の戦《いくさ》のシーンで、敵《てき》が攻《せ》めてきたことを知《し》らせるために、仲間《なかま》が火《ひ》を焚《た》いて煙《けむり》を上《あ》げてた」

「うん、たぶんそんな感《かん》じだよ」

川《かわ》の人《ひと》は、ほほ笑《え》んで続《つづ》けた。

「いつまでも目覚《めざ》めない彼《かれ》を見《み》てね、『こいつは、いつもぼーっとしてたから、魂《たましい》だけまだ海《うみ》に残《のこ》っていて、迷子《まいご》になっているのかもしれない。みんなでのろしを焚《た》いて、帰《かえ》ってくる体《からだ》がここにあるってことを教《おし》えてやろう』って話《はなし》になったんだ。めちゃくちゃな理屈《りくつ》だろ？」

「ううん」

ぼくは、真剣《しんけん》に首《くび》を振《ふ》った。

「その人《ひと》たちは、友《とも》だちのために、どうしても何《なに》かがしたかったんだ」

川《かわ》の人《ひと》は、うふふ、とおもしろそうに笑《わら》った。

「地図《ちず》を見《み》て、まず、溺《おぼ》れた海《うみ》から、入院《にゅういん》してる病院《びょういん》までの、どこでのろしを焚《た》くかを決《き》めた。ちょうど川《かわ》が流《なが》れていたから、大《おお》きな河原《かわら》がある場所《ばしょ》を八つ選《えら》んで、海側《うみがわ》から順《じゅん》にのろしを上《あ》げることにしたんだ。海《うみ》に行《い》ったやつらだけじゃ、人数《にんずう》が足《た》りないから、小学校《しょうがっこう》の時《とき》の友《とも》だちまで呼《よ》んでね、最後《さいご》はもう、メンバーは五十人《にん》を超《こ》えてたんじゃないかな」

「すごい、なんだか大魔術《だいまじゅつ》みたいだ」

雨《あま》ごいとか、古代《こだい》のよみがえりの儀式《ぎしき》みたいだと思《おも》った。

「なるほど『大魔術《だいまじゅつ》みたい』か……、なかなか的《まと》を射《い》た表現《ひょうげん》かもしれないな」

川《かわ》の人《ひと》は、なにか納得《なっとく》したように、うなずいて続《つづ》けた。

「友人《ゆうじん》が溺《おぼ》れたのが八月で、のろしが焚《た》かれたのは十一月だった。風《かぜ》のない日《ひ》を選《えら》んでね、携《けい》帯《たい》なんてない時代《じだい》だったから、無線機《むせんき》で連絡《れんらく》を取《と》り合《あ》って実行《じっこう》したんだ。秋晴《あきば》れの高《たか》い空《そら》に、一本目《ぽんめ》ののろしが、すーっと上《あ》がったんだよ。一本目《ぽんめ》が見《み》えたら、二本目《ほんめ》、二本目《ほんめ》が見《み》えたら、三本目《ぼんめ》って、海《うみ》の方《ほう》から、順《じゅん》に一本《ぽん》ずつ。すー、すー、すーって。とても静《しず》かにね」

「その人《ひと》は、目覚《めざ》めたんですか？」

川《かわ》の人《ひと》は、首《くび》を横《よこ》に振《ふ》った。

「のろしの日《ひ》から、数日後《すうじつご》に亡《な》くなったよ」

「一度《いちど》も目《め》を覚《さ》まさずに？」

「そう」

とても、かなしい話《はなし》だと思《おも》った。

静《しず》かな声《こえ》で、川《かわ》の人《ひと》は続《つづ》けた。

「眠《ねむ》ったまま亡《な》くなった彼《かれ》は、ずっと、目《め》をつむっているわけだから、のろしは見《み》えないよね。

でも、みんなの祈《いの》りが、届《とど》かなかったと思《おも》う？」

「ううん、届《とど》いてる。絶対《ぜったい》に届《とど》いてます」

「ね、それと同《おな》じだよ」

「同《おな》じ？」

「君《きみ》が、お兄《にい》さんのことを、すごく好《す》きだってこと。そういう気《き》もちは、どんな時《とき》でも、どんなに距離《きょり》があっても、ちゃんと届《とど》くようにできているんだよ」

川《かわ》の人《ひと》は、ぱんぱんと、自分《じぶん》のお尻《しり》をはたきながら立《た》ち上《あ》がった。

「さて、いい絵《え》が描《か》けたみたいだし、ぼくはそろそろ行《い》くね」

ぼくも、あわてて立《た》ち上《あ》がってお礼《れい》を言《い》った。

「あっ、ありがとうございました」

「じゃあ、またね」

川《かわ》の人《ひと》が乗《の》った舟《ふね》は、すーっと、すべるように川下《かわしも》の方《ほう》に戻《もど》っていった。

【梶野篤史《かじのあつし》】

八月に入《はい》っても、俺《おれ》は朝走《あさはし》り、塾《じゅく》に通《かよ》い続《つづ》けた。

変《か》わったことといえば、母《かあ》さんが、俺《おれ》のスニーカーのにおいをかいで、気絶《きぜつ》しそうになったことくらい。それで、ちゃんとしたランニングシューズを買《か》うことになった。新《あたら》しい靴《くつ》は、軽《かる》くて、足《あし》にぴったりだったから、急《きゅう》に走《はし》りやすくなった。

いきなり走《はし》るんじゃなくて、ウォームアップしてから走《はし》るようにもなった。

走《はし》る姿勢《しせい》もちょっと直《なお》した。

全部《ぜんぶ》、城《しろ》に着《つ》いて休憩《きゅうけい》している時《とき》、顔《かお》なじみになったおじいさんランナーたちが、教《おし》えてくれたんだ。

山口《やまぐち》からのハガキが、また届《とど》くようになった。休《やす》んでいた三日《か》分《ぶん》も、まとめて届《とど》いた。

年季《ねんき》の入《はい》ったパン屋《や》の建物《たてもの》と、そこで買《か》ったらしいパンの絵《え》。

それから、パンを手《て》に持《も》ったハガキの人《ひと》の横顔《よこがお》の三枚《まい》セットだった。

ハガキが届《とど》くようになって、俺《おれ》もうれしかったけど、母《かあ》さんはもっと喜《よろ》んだ。

「私《わたし》にもよく見《み》せて」

母《かあ》さんは、俺《おれ》の部屋《へや》の山口《やまぐち》ボックスの前《まえ》に座《すわ》りこんで、一枚《まい》ずつ届《とど》いたハガキを見始《みはじ》めた。

「へー、島根《しまね》の、すごい山《やま》の中《なか》に行《い》っているんだと思《おも》っていたけど、パン屋《や》さんはあるのねえ。こういう砂糖《さとう》がまぶしてあるマーガリンの食《しょく》パン、私《わたし》も小《ちい》さい時《とき》に食《た》べたのよ。なつかしいなあ。きっと、昔《むかし》ながらのパンをずっと売《う》っている店《みせ》なのね、いいなあ」

母《かあ》さんは山口《やまぐち》の絵《え》をまた見《み》られることになったのが、よほどうれしかったみたいで、よくしゃべった。

「こっちは、『ハガキの人《ひと》』の絵《え》が、ついに横顔《よこがお》になってる。前《まえ》は後《うし》ろ姿《すがた》だったのに。ちょっと、慣《な》れてきたのかしらね。この方《かた》、料理《りょうり》も洗濯《せんたく》も自分《じぶん》でなさってるなんて、えらいわ。料理《りょうり》や洗《せん》濯《たく》を、自分《じぶん》でできる年配《ねんぱい》の男《おとこ》の人《ひと》って、ほんとに、ちゃんとしている人《ひと》なものよ」

俺《おれ》はこの絶好《ぜっこう》のチャンスを逃《のが》さなかった。

「母《かあ》さん、山口《やまぐち》も、問題《もんだい》なく過《す》ごしているようだしさ、『ハガキの人《ひと》』のうちって、安全《あんぜん》で大丈《だいじょう》夫《ぶ》な家《いえ》だと思《おも》わない？」

「え、何《なん》の話《はなし》？」

母《かあ》さんが、急《きゅう》に警戒《けいかい》する表情《ひょうじょう》になった。

「だから、俺《おれ》、お盆《ぼん》に塾《じゅく》が休《やす》みになるじゃん。五日間《かかん》」

それでもう、母《かあ》さんは、話《はなし》の流《なが》れがどこに向《む》かっているか気《き》づいたみたいだった。

「篤史《あつし》、まさか、あなた、山口《やまぐち》くんのところに遊《あそ》びに行《い》こうと思《おも》ってる？」

「うん」

「一人で？」

「うん」

「泊《と》まりがけで？」

「うん」

母《かあ》さんは、しばらく固《かた》まっていたけど、すぐに反論《はんろん》し始《はじ》めた。

「いや、そんなの、ご迷惑《めいわく》でしょう。うちは親戚《しんせき》でもなんでもないんだし」

「そうかな」

俺《おれ》は椅子《いす》を半回転《はんかいてん》させて、母《かあ》さんの方《ほう》に向《む》くと、落《お》ち着《つ》いて話《はなし》を進《すす》めた。

「『ハガキの人《ひと》』って、こないだ俺《おれ》が電話《でんわ》かけた時《とき》、すごくうれしそうだったんだ。いつもハガキを送《おく》ってる友《とも》だちの俺《おれ》が遊《あそ》びに行《い》ったら、きっと喜《よろこ》んでくれると思《おも》うんだ。それに、考《かんが》えてみてよ、夏休《なつやす》み中《じゅう》、突然《とつぜん》やってきた、無口《むくち》なひ孫《まご》と二人きりって、けっこう大変《たいへん》だって。俺《おれ》が行《い》って、ちょっとにぎやかにした方《ほう》が、話《はなし》もはずむし、まちがいなく歓迎《かんげい》されるよ」

母《かあ》さんの顔《かお》が、ちょっと（それもそうね……）という感《かん》じになってきた。

「えーっと、でも、心配《しんぱい》よ。何《なに》かあったらっていうか、あなたが、うっかり何《なに》か壊《こわ》したりしたらどうするの？　人《ひと》の家《いえ》に遊《あそ》びに行《い》っていて、何《なに》か壊《こわ》した時《とき》も保険《ほけん》って下《お》りるんだったかしら」

うちの母《かあ》さんって、きちんとしてるけど、その分《ぶん》、いろいろ余計《よけい》に心配《しんぱい》しすぎるところがあるんだよな。

「母《かあ》さん、保険《ほけん》がきくことしかやらない人生《じんせい》なんて、つまらないと思《おも》わない？　それに、小学《しょうがっ》校最後《こうさいご》の夏休《なつやす》みなんだよ。なのに、どこにも遊《あそ》びに行《い》かず、毎日毎日《まいにちまいにち》、狭《せま》い塾《じゅく》の教室《きょうしつ》で缶《かん》づめになって勉強《べんきょう》してて さ、俺《おれ》、えらいと思《おも》わない？」

母《かあ》さんが、うっと言葉《ことば》につまった。

そうだ、俺《おれ》はこういう時《とき》のために、普段《ふだん》を真面目《まじめ》に生《い》きているのかもしれない。

「すぐには決《き》められないわ。取《と》りあえず、お父《とう》さんとも相談《そうだん》してみるけど」

「うん」

だが、俺《おれ》はもう、まちがいなく行《い》かせてもらえると確信《かくしん》した。

母《かあ》さんが俺《おれ》の部屋《へや》を出《で》て、ばたばた階段《かいだん》を駆《か》け下《お》りながら、

「お盆《ぼん》まで、あと何日《なんにち》だっけ？　新《あたら》しい、きれいなパンツとかもいるわよね」

なんてつぶやいてるのが聞《き》こえたからだ。

【山口誠矢《やまぐちせいや》】

お盆《ぼん》って、地方《ちほう》にもよるけど、だいたい八月十三日から十六日の間《あいだ》までのことみたいだ。多《おお》くの会社《かいしゃ》や塾《じゅく》や習《なら》いごとの教室《きょうしつ》が、その期間《きかん》は休《やす》みになる。都市《とし》に働《はたら》きに出《で》ている人《ひと》が、お墓参《はかまい》りをしに田舎《いなか》に帰《かえ》るから、電車《でんしゃ》や道路《どうろ》がすごく混《こ》む。

お盆《ぼん》の前《まえ》に、また、母《かあ》さんが電話《でんわ》をかけてきた。

「誠矢《せいや》……、元気《げんき》にしてる？」

「うん、元気《げんき》っていうか、ふつう」

電話《でんわ》の向《む》こうで、車《くるま》の音《おと》がした。

前《まえ》と同《おな》じで、近所《きんじょ》の公園《こうえん》からかけてきているんだろう。

考《かんが》えてみたら、家《いえ》から自由《じゆう》に電話《でんわ》もできないなんて、ずいぶんおかしな話《はなし》だ。

「流唯《るい》のことだけどね、お盆《ぼん》になったら、ばあちゃんの仕事《しごと》が、お休《やす》みになっちゃうでしょう」

何《なに》も聞《き》いてないのに、母《かあ》さんは、自分《じぶん》から兄《にい》ちゃんのことを話《はな》し始《はじ》めた。

「昼間《ひるま》も家《いえ》にばあちゃんが居《い》ることになるから、ますます部屋《へや》から出《で》てこなくなると思《おも》うわ」

母《かあ》さんはやっぱり、幽霊《ゆうれい》のため息《いき》みたいな声《こえ》で話《はな》した。

母《かあ》さんのそんな声《こえ》を聞《き》いていたら、ぼくは、ものすごくイライラしてきた。

「夏休《なつやす》みの間《あいだ》に、何《なに》か変《か》わるかと思《おも》ったけど、だめなのかしらね。ほんとに、どうして……」

「母《かあ》さん、もう、『どうして』とか、『だめかも』とか、言《い》うのやめてよ。ぼく、そんな言葉《ことば》聞《き》きたくない！」

それだけ怒鳴《どな》って、ぼくは電話《でんわ》を切《き》ってしまった。

自分《じぶん》でも信《しん》じられなかった。こんなのまるで、ばあちゃんみたいだ。

ちょうどハガキの人《ひと》が洗濯物《せんたくもの》を取《と》りこんで、玄関《げんかん》に入《はい》ってきた。

ぼくが怒鳴《どな》って電話《でんわ》を切《き》ったのを見《み》たはずなのに、ハガキの人《ひと》は何《なに》も言《い》わずに、廊下《ろうか》の方《ほう》へ曲《ま》がっていった。

その後《あと》、すぐに電話《でんわ》が鳴《な》った。

だからぼくは、てっきり母《かあ》さんがかけ直《なお》してきたのかと思《おも》ったんだ。

でも、表示《ひょうじ》された番号《ばんごう》がちがった。急《いそ》いでハガキの人《ひと》を呼《よ》んで出《で》てもらったら、かけてきたのは、なんと、梶野《かじの》くんのうちのお母《かあ》さんだった。

ハガキの人《ひと》は、しばらく話《はなし》をすると、すごくうれしそうな声《こえ》で、「ぜひ」って何回《なんかい》も言《い》った。

「えっ、『ぜひ』って、もしかして……」

ぼくにとってはもう、夢《ゆめ》みたいないい話《はなし》で、すぐには信《しん》じられなかった。

第《だい》四章《しょう》「夕鶴《ゆうづる》ルール」と「河童《かっぱ》の仕事《しごと》」

【山口誠矢《やまぐちせいや》】

梶野《かじの》くんのうちから電話《でんわ》があった後《あと》、ハガキの人《ひと》とぼくは、座敷《ざしき》の押《お》し入《い》れを開《あ》けて、新《あたら》しい布団《ふとん》とシーツを一組出《くみだ》した。

押《お》し入《い》れの中《なか》には、旅館《りょかん》みたいに、きれいな布団《ふとん》とシーツがたくさん用意《ようい》されていた。

いつでも、五人《にん》くらいは泊《と》まれると思《おも》う。

物干《ものほ》しに布団《ふとん》を干《ほ》すと、ハガキの人《ひと》が、「梶野《かじの》くんの、お箸《はし》を用意《ようい》しておこう」って言《い》って、買《か》いに行《い》くことになった。

このうちでは、それぞれが使《つか》う箸《はし》が決《き》まっているんだ。使《つか》ったら洗《あら》って、流《なが》しの横《よこ》の小《ちい》さな食器乾燥機《しょっきかんそうき》で乾《かわ》かして、次《つぎ》に使《つか》う時《とき》のために、箸箱《はしばこ》に入《い》れてテーブルの上《うえ》に置《お》いておく。

ついさっき、母《かあ》さん相手《あいて》に電話《でんわ》で怒鳴《どな》っているところを見《み》られて、恥《は》ずかしかったけど、ばたばたしたおかげで気《き》まずくなくなった。

梶野《かじの》くんは、本当《ほんとう》に来《き》てくれた。

お父《とう》さんの運転《うんてん》する車《くるま》で、十二日にやってきた。お盆前《ぼんまえ》だけど、塾《じゅく》が早《はや》めに休《やす》みになったんだそうだ。

梶野《かじの》くんのお父《とう》さんに、初《はじ》めて会《あ》った。頭《あたま》が大《おお》きくて、ぽっちゃりした、やさしそうな人《ひと》だった。

車《くるま》の助手席《じょしゅせき》から、お母《かあ》さんも降《お》りてきた。

梶野《かじの》くんは、到着《とうちゃく》するとすぐ、二人に連《つ》れられて座敷《ざしき》に行《い》った。そこで、ハガキの人《ひと》と、正《せい》座《ざ》で向《む》かい合《あ》って、大人《おとな》のあいさつを始《はじ》めた。

ぼくは、台所《だいどころ》からお茶《ちゃ》を運《はこ》ぶ係《かかり》になっていた。

不安《ふあん》だったので、梶野《かじの》くんたちが来《く》る前《まえ》に、ハガキの人《ひと》と一緒《いっしょ》に、お茶《ちゃ》を出《だ》す練習《れんしゅう》をしておいた。

台所《だいどころ》から、麦茶《むぎちゃ》を入《い》れたコップを持《も》っていくだけなんだけど、案外難《あんがいむずか》しい。

いったん、お盆《ぼん》をテーブルの下《した》に置《お》いて、一つずつコースターを敷《し》いてから、コップを置《お》くんだ。

その間《あいだ》に、「こんにちは」とかも言《い》わなきゃいけないし、すごくぎこちなくなる。

お茶《ちゃ》は、お客《きゃく》さんのものを先《さき》に出《だ》して、ハガキの人《ひと》のは後《あと》にするってことも教《おし》えてもらった。

無事《ぶじ》にお茶出《ちゃだ》しと、あいさつが終《お》わったら、梶野《かじの》くんが泊《と》まる部屋《へや》（ぼくと一緒《いっしょ》なんだけど）や、台所《だいどころ》や風呂場《ふろば》を見《み》せてあげた。

梶野《かじの》くんのお母《かあ》さんは、「篤史《あつし》、あなた、ちゃんとお手伝《てつだ》いしなさいよ！」って何回《なんかい》も言《い》っていた。

それから、家《いえ》のまわりや、道場《どうじょう》も見《み》てもらった。

梶野《かじの》くんのお父《とう》さんは山《やま》や空《そら》を見渡《みわた》して「いいなあ……」って、すごくうらやましそうにしていた。

帰《かえ》る時《とき》、お父《とう》さんは車《くるま》を出《だ》しながら、そっと頭《あたま》を下《さ》げた。

お母《かあ》さんの方《ほう》は、窓《まど》を全開《ぜんかい》にして、梶野《かじの》くんに思《おも》いつく限《かぎ》りの注意事項《ちゅういじこう》を伝《つた》えながら、めちゃくちゃ元気《げんき》に手《て》を振《ふ》って帰《かえ》っていった。

二人の車《くるま》が見《み》えなくなると、梶野《かじの》くんが、やれやれ、とため息《いき》をついて言《い》った。

「すいません、にぎやかな母《はは》で」

ぼくもハガキの人《ひと》も笑《わら》ってしまった。

ハガキの人《ひと》が聞《き》いた。

「梶野《かじの》くんは、まず何《なに》がしたいかな。とりあえず今日《きょう》はもう、昼寝《ひるね》かな」

梶野《かじの》くんは、すぐに答《こた》えた。

「あの、俺《おれ》、魚釣《さかなつ》りを教《おし》えて欲《ほ》しいです」

「ほお、誠矢《せいや》くんはどうする？　一緒《いっしょ》にやるかい？」

ハガキの人《ひと》は、ちゃんとぼくがやりたいかどうか聞《き》いてくれた。

実《じつ》を言《い》うと、ぼくは魚釣《さかなつ》りはめんどくさい気《き》がしていて、できれば見学《けんがく》だけにしたかったから、ちょうどよかった。

「えーっと、ぼくは釣《つ》らずに、魚釣《さかなつ》りをしている梶野《かじの》くんの絵《え》を描《か》きます」

真面目《まじめ》な顔《かお》でそう言《い》ったら、二人に笑《わら》われた。

「夕方《ゆうがた》になると、ハヤがよう釣《つ》れるから、ちょっと休憩《きゅうけい》してから、ぼちぼち準備《じゅんび》して行《い》くことにしよう」

その日《ひ》、ハガキの人《ひと》に教《おし》えてもらって、梶野《かじの》くんは七匹《ひき》も魚《さかな》を釣《つ》った。

ハガキの人《ひと》は、その七匹《ひき》の魚《さかな》を油《あぶら》で揚《あ》げてフライにしてくれた。

フライにする時《とき》、ハガキの人《ひと》はフライパンを使《つか》った。

「えっ、魚《さかな》ってフライパンで揚《あ》げられるんだ」

ハガキの人《ひと》は、慣《な》れた手《て》つきで魚《さかな》をひっくり返《かえ》しながら、ちょっと得意《とくい》そうに答《こた》えた。

「久子《ひさこ》が亡《な》くなる前《まえ》に、魚《さかな》の揚《あ》げ方《かた》だけは覚《おぼ》えておかないと、釣《つ》った魚《さかな》が食《た》べられませんよ、と言《い》うて、一番簡単《いちばんかんたん》な方法《ほうほう》を教《おし》えてくれたのよ」

それでその晩《ばん》のメニューは、魚《さかな》のフライと、キャベツの千切《せんぎ》りと、みそ汁《しる》になった。

みそ汁《しる》は、タマネギとジャガイモを入《い》れて、ぼくが作《つく》った。

キャベツの千切《せんぎ》りを作《つく》ったのは、梶野《かじの》くんだった。

「うおっ、この包丁《ほうちょう》めっちゃ切《き》れる！」

なんて言《い》いつつも、梶野《かじの》くんはゆっくりと慎重《しんちょう》にキャベツを切《き》っていた。

「ここに来《こ》させてもらうことが決《き》まってからすぐに、家《いえ》で母《かあ》さんに特訓《とっくん》させられたんだ」

太《ふと》いキャベツが混《ま》ざっていたり、切《き》れてなくてつながったのもある千切《せんぎ》りだった。

でも、揚《あ》げたての魚《さかな》をそえて、ソースをかけて食《た》べたら、ものすごくおいしかった。

お風呂《ふろ》に順番《じゅんばん》に入《はい》って部屋《へや》に戻《もど》ると、ぼくは、前《まえ》から悩《なや》んでいることを梶野《かじの》くんに相談《そうだん》した。

「ねえ、ぼく、ハガキの人《ひと》のこと、なんて呼《よ》べばいいと思《おも》う？」

「ええっ、まだ呼《よ》び方《かた》を決《き》めていなかったのか？　もう三週間《しゅうかん》くらい二人きりで過《す》ごしているのに？」

梶野《かじの》くんは、あきれたように布団《ふとん》の上《うえ》で体《からだ》を起《お》こした。

「うん。だって、ひいじいちゃんかもしれない人《ひと》なんだけど、いきなり『ひいじいちゃん』って呼《よ》ぶのもどうかと思《おも》って……。普段《ふだん》、ちょっと来《き》てもらいたい時《とき》なんか、ほんとに困《こま》ってるんだ。今《いま》は取《と》りあえず、『あの〜』とか言《い》って来《き》てもらってるんだけど……」

「難《むずか》しく考《かんが》えずに『義一《よしかず》さん』って、呼《よ》んだらいいんじゃないか？」

「あー、『義一《よしかず》さん』！」

「俺《おれ》も、そう呼《よ》ぶつもりだし、何《なに》もおかしくないだろ。本当《ほんとう》に『義一《よしかず》さん』なんだからさ」

「そうか、そう呼《よ》べばよかったんだ。全然思《ぜんぜんおも》いつかなかったなあ」

めちゃくちゃ、すっきりした。

「義一《よしかず》さん、義一《よしかず》さん……」

布団《ふとん》にもぐって頭《あたま》の中《なか》で、何《なん》べんも繰《く》り返《かえ》してみた。

頭《あたま》の中《なか》で「ハガキの人《ひと》」って呼《よ》んでいた時《とき》より、ずっと身近《みぢか》な人《ひと》になった気《き》がした。

次《つぎ》の日《ひ》、起《お》きたら、梶野《かじの》くんの布団《ふとん》がきれいに畳《たた》まれていた。

台所《だいどころ》に行《い》くと、義一《よしかず》さんがエプロンを付《つ》けて、みそ汁《しる》を作《つく》ってくれていた。

「篤史《あつし》くんは、一時間《じかん》くらい前《まえ》かな、走《はし》ってきますと言《い》って出《で》ていったよ。おもしろい子《こ》じゃなあ」

「へえ、梶野《かじの》くん、こっちでも走《はし》るんだ」

お米《こめ》は、前《まえ》の夜《よる》に、いつも義一《よしかず》さんがといで仕掛《しか》けてくれているから、起《お》きたら炊《た》けている。義一《よしかず》さんがみそ汁《しる》を作《つく》って、ぼくが、卵《たまご》を焼《や》いたら、朝食《ちょうしょく》は完成《かんせい》なんだ。

「よし、今日《きょう》は、ジャガイモとベーコンを入《い》れたチーズオムレツにしよう。大《おお》きいの作《つく》ろう」

ぼくは、いつもより卵《たまご》を三つ多《おお》めに割《わ》って、ぐるぐるかき混《ま》ぜた。

【梶野《かじの》篤史《あつし》】

こっちに来《き》て最初《さいしょ》、俺《おれ》は、「目《め》がよくなったのかな」と思《おも》った。

父《とう》さんの車《くるま》で、高速道路《こうそくどうろ》を走《はし》っている時《とき》から、すでに変《へん》な感《かん》じはしていた。

道《みち》の両脇《りょうわき》をはさむようにそびえている山《やま》の、木《こ》の葉《は》の一枚一枚《いちまいいちまい》が、びっくりするぐらいはっきりと見《み》えるんだ。

空《そら》は異様《いよう》に青《あお》く、雲《くも》も、どうかしてるんじゃないかってくらい白《しろ》かった。

母《かあ》さんと父《とう》さんは「空気《くうき》がきれいねえ」なんて、よく聞《き》く言葉《ことば》で片《かた》づけていたけど、とにかく、やたら物《もの》がはっきり見《み》えるんだ。

そして、あらゆる物《もの》の影《かげ》が、落《お》とし穴《あな》のように真《ま》っ黒《くろ》い。そこだけ、地面《じめん》が切《き》りとられているみたいに。

うっかり踏《ふ》みこんだら、どこかへ落《お》っこちてしまいそうなほど黒《くろ》いんだ。


久《ひさ》しぶりに会《あ》った山口《やまぐち》は、笑《わら》った時《とき》の歯《は》がやけに白《しろ》く見《み》えた。

「山口《やまぐち》、なんか日《ひ》に焼《や》けたか？」

「そう？　梶野《かじの》くんも、かなり焼《や》けたように見《み》えるよ」

「ハガキの人《ひと》」である義一《よしかず》さんは、もの静《しず》かで、人《ひと》に、自分《じぶん》の考《かんが》えや、やり方《かた》を押《お》しつけてこない「賢者《けんじゃ》タイプ」の人《ひと》だ、ってすぐ分《わ》かった。

俺《おれ》はじいちゃん子《こ》で、じいちゃんに連《つ》れられて囲碁《いご》クラブに通《かよ》ったりして、近所《きんじょ》のいろんなじいさんを見《み》てきたから、じいさんを見《み》る目《め》はあるんだ。

送《おく》ってくれた母《かあ》さんと父《とう》さんが、大《おお》さわぎして帰《かえ》った後《あと》、俺《おれ》はすぐ、魚釣《さかなつ》りを教《おし》えてもらうことにした。

山口《やまぐち》は全《まった》く興味《きょうみ》がないみたいだが、俺《おれ》は、田舎《いなか》でのんびり釣《つ》りをすることに、ものすごく憧《あこが》れていたんだ。

義一《よしかず》さんに頼《たの》んだら、喜《よろこ》んで教《おし》えてくれた。

初《はじ》めてなのに七匹《ひき》も釣《つ》れるし、川《かわ》に向《む》かってひゅっと釣竿《つりざお》を振《ふ》るのも、その後《あと》、静《しず》かにアタリを待《ま》つってことも、おもしろくておもしろくて、俺《おれ》はひたすら感激《かんげき》した。

その間《あいだ》、山口《やまぐち》はバケツの中《なか》の釣《つ》れた魚《さかな》を、せっせと描《か》いていた。

「そうだ、俺《おれ》がこっちに来《き》ている間《あいだ》も、俺《おれ》んちにハガキ出《だ》してくれよな。山口《やまぐち》の絵《え》、母《かあ》さんがすごく楽《たの》しみにしているから」

「うん。夏休《なつやす》みの最後《さいご》まで、毎日《まいにち》一枚《まい》ずつちゃんと描《か》くよ」

俺《おれ》は魚《さかな》を釣《つ》るのがおもしろくて、山口《やまぐち》は絵《え》を描《か》くのがおもしろいんだ。人間《にんげん》っていろいろだな。


翌朝《よくあさ》は、義一《よしかず》さんに、よさそうなコースを教《おし》えてもらって走《はし》った。

静《しず》かな夜明《よあ》けの道《みち》を走《はし》るのは、最高《さいこう》だった。山《やま》がでかくて、川《かわ》が流《なが》れていて、俺《おれ》はアリのようにちっぽけだった。

うっかり叫《さけ》びだしそうなくらい、いい気分《きぶん》だった。

図書館《としょかん》まで走《はし》って、折《お》り返《かえ》して戻《もど》った。

朝飯《あさめし》は、義一《よしかず》さんと山口《やまぐち》がもう作《つく》ってくれていたから、俺《おれ》は、後《あと》で皿洗《さらあら》いをやらせてもらうことにした。

みそ汁《しる》もオムレツも、異様《いよう》にうまくて、俺《おれ》はごはんを思《おも》いっきり盛《も》り盛《も》りにしてお代《か》わりさせてもらった。

「梶野《かじの》くんって、前《まえ》から走《はし》るの好《す》きだったの？」

不思議《ふしぎ》そうに、山口《やまぐち》が聞《き》いてきた。

「いや、俺《おれ》は、運動《うんどう》は全部苦手《ぜんぶにがて》で、大嫌《だいきら》いだったよ。特《とく》に、走《はし》ることにかけては、常《つね》に学年《がくねん》で一、二を争《あらそ》う遅《おそ》さだしな」

オムレツを飲《の》みこみながら、俺《おれ》は話《はな》した。

「あまりにも運動《うんどう》ができないから、母《かあ》さんがものすごく心配《しんぱい》してさ、せめて勉強《べんきょう》だけはできるようにって、それで、小《ちい》さい頃《ころ》から塾《じゅく》に通《かよ》うことになったんだよな」

俺《おれ》の話《はなし》を、義一《よしかず》さんもみそ汁《しる》をすすりながら聞《き》いていた。

「たまたま俺《おれ》は、勉強《べんきょう》が嫌《きら》いじゃなかったから、それで別《べつ》によかったんだが。でも、勉強《べんきょう》をがんばるってことは、やっぱり母《かあ》さんが決《き》めたことなんだ。そろそろ、俺《おれ》だけが自分《じぶん》で決《き》めたことを始《はじ》めたいなと思《おも》ってさ。そこに、ちょうど山口《やまぐち》が鳥《とり》と空《そら》の絵《え》を描《か》いて送《おく》ってきてくれて、それ見《み》てたら、何《なに》かぱっと思《おも》いついたんだよね。俺《おれ》、走《はし》ってみようかなって」

「でも、嫌《きら》いだったことを始《はじ》めるなんて、すごいよ」

山口《やまぐち》は、素直《すなお》に感心《かんしん》してくれている。

「うーん」

口《くち》に入《い》れたトマトを飲《の》みこみながら、俺《おれ》は考《かんが》えた。

「もしかしたら、嫌《きら》いじゃなかったのかもしれない。俺《おれ》、足速《あしはや》いやつにすげえ憧《あこが》れてたもん。去《きょ》年《ねん》の運動会《うんどうかい》の、クラス対抗《たいこう》リレー覚《おぼ》えてるか？　今年俺《ことしおれ》と同《おな》じクラスなんだけど、佐伯《さえき》ってやつ。去年《きょねん》、アンカーで出《で》て、最下位《さいかい》から、前《まえ》のやつらを全部抜《ぜんぶぬ》いたんだ。あれ、かっこよかった〜。急《きゅう》にクラスで女子《じょし》にモテモテになってさ、バレンタインデーにもチョコレートを山《やま》ほどもらってて、うらやましい〜」

そこまで話《はな》して、俺《おれ》は、はっとなった。

「そうだ、俺《おれ》はただ……、女子《じょし》にモテたいだけなのかもしれない。全然《ぜんぜん》、モテたことないから」

義一《よしかず》さんが、飲《の》んでいたみそ汁《しる》を、ぶっと噴《ふ》いた。山口《やまぐち》は、下《した》を向《む》いて肩《かた》をふるわせて笑《わら》っていた。

【山口誠矢《やまぐちせいや》】

梶野《かじの》くんは、こっちにいる四泊《はく》五日《か》の間中《あいだじゅう》、できるだけ釣《つ》りをしたいって言《い》った。

それで、義一《よしかず》さんが仕掛《しか》けの結《むす》び方《かた》や、水深《すいしん》に合《あ》わせて糸《いと》の長《なが》さを変《か》える方法《ほうほう》なんかを教《おし》えていた。

梶野《かじの》くんは理解《りかい》が早《はや》くて、すぐに一人でもできるようになった。

義一《よしかず》さんは、子《こ》どものぼくら二人だけでも安全《あんぜん》に釣《つ》りができる場所《ばしょ》を教《おし》えてくれた。

道沿《みちぞ》いを流《なが》れる川《かわ》は、こっちの岸《きし》がたいてい浅《あさ》くて、対岸《たいがん》の方《ほう》が深《ふか》くなっている。

教《おし》えてもらった場所《ばしょ》は、三か所《しょ》で、全部《ぜんぶ》こちら側《がわ》の岸《きし》だった。

義一《よしかず》さんは、流《なが》れが早《はや》い場所《ばしょ》や、深《ふか》くて危《あぶ》ない場所《ばしょ》を、川《かわ》に沿《そ》って歩《ある》いて、丁寧《ていねい》に教《おし》えてくれた。

「気《き》をつけてな。水《みず》はいいものじゃが、人《ひと》の命《いのち》を奪《うば》うこともあるから」

「はい、気《き》をつけます」

ぼくらは声《こえ》をそろえて返事《へんじ》をした。

梶野《かじの》くんと二人で、川辺《かわべ》にいる時《とき》に、「川《かわ》の人《ひと》」は二度《ど》やってきたんだ。

十三日の午後《ごご》と、十四日の午前中《ごぜんちゅう》。

十三日は、初《はじ》めて会《あ》った二人をそれぞれ紹介《しょうかい》した後《あと》、ぼくは、離《はな》れたところで絵《え》を描《か》いていた。

だから、全部《ぜんぶ》の話《はなし》は聞《き》きとれなかったけど、梶野《かじの》くんと川《かわ》の人《ひと》は、魚釣《さかなつ》りの話《はなし》で、めちゃくちゃ盛《も》り上《あ》がっていた。

梶野《かじの》くんは、川《かわ》の人《ひと》に、速《はや》く走《はし》る練習方法《れんしゅうほうほう》も聞《き》いていた。

二人で、女《おんな》の子《こ》にモテる方法《ほうほう》の話《はなし》もして、もっと盛《も》り上《あ》がっていた。


ぼくらが川《かわ》の人《ひと》に最後《さいご》に会《あ》った十四日も、普通《ふつう》に話《はな》したし、川《かわ》の人《ひと》は「またね」って言《い》って、笑《わら》って手《て》を振《ふ》ってくれた。

ほんとに、ぼくは、何《なん》にも変《へん》だとも、おかしいとも思《おも》っていなかった。

だからその後《あと》、昼《ひる》ごはんを食《た》べに家《いえ》に戻《もど》って、扉《とびら》が開《ひら》かれた仏壇《ぶつだん》の中《なか》に、「聡《さとし》さん」の写真《しゃしん》があるのを見《み》た時《とき》、ぼくは、あっけにとられてしまった。

びっくりしすぎて、しばらく、口《くち》がきけなかった。

そんなぼくのことを、梶野《かじの》くんは、「信《しん》じられないくらい、にぶい……」って言《い》った。

ぼくとちがって、梶野《かじの》くんはいろいろ変《へん》だと思《おも》っていたみたいだった。

ぼくの方《ほう》は、ショックすぎてしばらく何《なに》も考《かんが》えられなくなってしまって、全《すべ》てを理解《りかい》して受《う》け入《い》れるまでには、ずいぶん時間《じかん》が必要《ひつよう》だった。

【梶野篤史《かじのあつし》】

「川《かわ》の人《ひと》」について、俺《おれ》は、最初《さいしょ》から引《ひ》っかかっていた。

実《じつ》は、山口《やまぐち》からでかい絵《え》が届《とど》いた時《とき》、木製《もくせい》の川舟《かわぶね》のことをネットでちょっと調《しら》べたんだ。

いまだに、そんな昔《むかし》めいた舟《ふね》が売《う》られているのか、奇妙《きみょう》に思《おも》ったから。

だけど、絵《え》の通《とお》りの川舟《かわぶね》は、今《いま》も売《う》られていた。

エンジンは付《つ》いてなくて、シンプルに、長《なが》い切《き》っただけの竹《たけ》の竿《さお》でこぐというスタイルの舟《ふね》だ。山間部《さんかんぶ》で川漁《かわりょう》をする人《ひと》は、今《いま》でもそういう舟《ふね》を普通《ふつう》に使《つか》っているんだそうだ。

だから、舟《ふね》のことはいい。

ただ、こんな気味《きみ》の悪《わる》いことあまり言《い》いたくはないんだが、山口《やまぐち》の描《か》いた絵《え》の「川《かわ》の人《ひと》」の感《かん》じが、何《なん》というか……、いかにも幽霊《ゆうれい》っぽかった。

それに気《き》になることがある。

山口《やまぐち》のばあちゃんの恋人《こいびと》だったたっていう人《ひと》は、若《わか》くして亡《な》くなったたっていう話《はなし》だ。

まさに、絵《え》で見《み》た川《かわ》の人《ひと》くらいの年齢《ねんれい》だったんじゃないだろうか。

そんなことを考《かんが》えつつ、川《かわ》に釣《つ》り糸《いと》を垂《た》らしていた時《とき》、俺《おれ》は、突如《とつじょ》、猛烈《もうれつ》に頭《あたま》が痛《いた》くなってきた。


「い、いてて……」

「大丈夫《だいじょうぶ》？」

山口《やまぐち》が心配《しんぱい》して声《こえ》をかけてくれた。

同時《どうじ》に、ふっと、辺《あた》りから音《おと》が消《き》えた。

さっきまで、うるさいほど鳴《な》いていたヒグラシの声《こえ》が聞《き》こえない。

山《やま》の上《うえ》の、道路《どうろ》を走《はし》る車《くるま》の音《おと》も聞《き》こえなくなった。

本当《ほんとう》に、シン、となったところへ、どこか遠《とお》くの方《ほう》から、この世《よ》のものとは思《おも》えない音《おと》が聞《き》こえてきた。

ちゃぽ、トン、ちゃぽ、トン

山口《やまぐち》がうれしそうに、声《こえ》をあげた。

「あっ、梶野《かじの》くん、あれ、『川《かわ》の人《ひと》』だよ！」

「な、何《なに》いっ？」

目《め》をあげると、川下《かわしも》から、舟《ふね》に乗《の》った若《わか》い男《おとこ》が近《ちか》づいてくるところだった。

ちゃぽ、は、竹《たけ》の竿《さお》から水《みず》がしたたる音《おと》。

トン、というのは、舟《ふね》の腹《はら》に竿《さお》が当《あ》たる音《おと》だ。

その舟《ふね》は、すーっと近《ちか》づくのではなく、ぱっ、ぱっ、ぱっと、細切《こまぎ》れ映像《えいぞう》のように、三メートルずつくらいすっ飛《と》ばして近《ちか》づいてきた。

背筋《せすじ》が凍《こお》りつくっていうのを、俺《おれ》は初《はじ》めてリアルに体験《たいけん》した。

「おいおいおいっ……」

頭《あたま》が、割《わ》れそうなくらいに痛《いた》い。山口《やまぐち》は何《なに》も感《かん》じないらしく、岸《きし》のぎりぎりまで近《ちか》づいていって、笑顔《えがお》で手《て》を振《ふ》っている。

川《かわ》の人《ひと》が、舟《ふね》から、とん、と下《お》りてきた。

「あれ？　友《とも》だち……、かな？　どう、釣《つ》れてる？」

「あ、はい、まあまあ……」

頭《あたま》が痛《いた》くてぶっ倒《たお》れそうだったが、俺《おれ》は、どうにか普通《ふつう》に返事《へんじ》をした。

　山口《やまぐち》が、簡単《かんたん》に俺《おれ》のことを紹介《しょうかい》する。

　名前《なまえ》は梶野《かじの》で、ここに来《く》る時《とき》に、パソコンでいろいろ調《しら》べてくれた友《とも》だちなんだとか、昨日《きのう》着《つ》いたばかりだとか、こっちに来《き》てから、毎日《まいにち》、描《か》いた絵《え》を送《おく》っていた相手《あいて》なんだとか。

　普段《ふだん》、口数《くちかず》の少《すく》ない山口《やまぐち》が、実《じつ》に打《う》ち解《と》けた様子《ようす》で、親《した》しげにしゃべっている。

　俺《おれ》は、もう一つ、えらいことに気《き》がついてしまった。

　今《いま》は、八月の真《ま》っ昼間《ぴるま》のはずなんだ。

　そこら中《じゅう》の、何《なに》もかもに、まっ黒《くろ》い落《お》とし穴《あな》みたいな影《かげ》がある。

　俺《おれ》にも、バケツにも、小石《こいし》にも、生《は》えてる草《くさ》にだって影《かげ》がある。

　だが、この人《ひと》には、影《かげ》がない。

　俺《おれ》は山口《やまぐち》を見《み》て、心《こころ》の中《なか》で叫《さけ》んだ。


　どうして何《なに》も変《へん》だと思《おも》わないでいられるんだ！


　山口《やまぐち》には、俺《おれ》の心《こころ》の叫《さけ》びは全《まった》く届《とど》かなかった。

　それどころか、スケッチブックを持《も》って、離《はな》れた場所《ばしょ》に移動《いどう》していってしまった。

「梶野《かじの》くん」

川《かわ》の人《ひと》が、確《たし》かめるように、俺《おれ》の名前《なまえ》を呼《よ》んだ。

「……は、はい」

「梶野《かじの》くんは、『夕鶴《ゆうづる》』の話《はなし》を知《し》ってる?」

そう言《い》うと、ほほ笑《え》みながら近《ちか》づいてきた。

全身《ぜんしん》に鳥肌《とりはだ》が立《た》ったが、俺《おれ》は、平静《へいせい》をよそおったまま答《こた》えた。

「え、えーっと、『鶴《つる》の恩返《おんがえ》し』の話《はなし》ですよね?」

「そう、それ。鶴《つる》が人《ひと》に化《ば》けて、助《たす》けてくれた男《おとこ》に恩返《おんがえ》しに行《い》く話《はなし》。あの話《はなし》で、はた織《お》りをしているところを見《み》られてしまった鶴《つる》が、こう言《い》うんだよ。『正体《しょうたい》を知《し》られてしまったら、私《わたし》は、もうここに居《い》ることはできません』って」

川《かわ》の人《ひと》は、何《なん》だか、おかしいのを我慢《がまん》しているような顔《かお》で、俺《おれ》を見《み》ている。

「ああいった不思議《ふしぎ》な存在《そんざい》には、ルールがあるんだ」

川《かわ》の人《ひと》は、山口《やまぐち》には聞《き》こえないように、俺《おれ》だけに話《はな》した。

俺《おれ》は真剣《しんけん》に、その話《はなし》を聞《き》いた。

「不思議《ふしぎ》な存在《そんざい》というのは、相手《あいて》が、正体《しょうたい》を知《し》らないでくれている間《あいだ》は、一緒《いっしょ》に居《い》ることができる。一緒《いっしょ》に居《い》るといっても、限《かぎ》られた場所《ばしょ》で、ちょっと会《あ》ったり、話《はな》したりするくらいなんだけどね」

そして、ささやくように小《ちい》さい声《こえ》でつけくわえた。

「だけど、正体《しょうたい》を知《し》られた相手《あいて》の前《まえ》には、居《い》られなくなる」

まちがいない、この人《ひと》、夕鶴《ゆうづる》の話《はなし》をしながら、自分《じぶん》のことを言《い》っているんだ。

うう、頭《あたま》がめちゃくちゃ痛《いた》い。

山口《やまぐち》は、相変《あいか》わらず離《はな》れた場所《ばしょ》で、熱心《ねっしん》にえんぴつを動《うご》かしている。

「お、俺《おれ》、何《なに》も言《い》いませんから……」

絵《え》を描《か》くことに集中《しゅうちゅう》しきっている山口《やまぐち》を見《み》ながら、俺《おれ》はそう約束《やくそく》した。

それが一日目《にちめ》。


俺《おれ》は、何《なん》にも気《き》づいていない山口《やまぐち》と、晩飯《ばんめし》を食《く》い、隣《となり》の布団《ふとん》で寝《ね》た。

とんでもないところに来《き》たらしい、と思《おも》ったが、おもしろい気《き》もしていた。

天井《てんじょう》を見上《みあ》げながら、昼間《ひるま》に、山口《やまぐち》に聞《き》こえないようにした会話《かいわ》を思《おも》い返《かえ》した。

「あなたは、川《かわ》で、何《なに》をされているんですか」

って、俺《おれ》は聞《き》いてみたんだ。川《かわ》の人《ひと》は、質問《しつもん》に答《こた》えてくれた。

「いろいろあって中途半端《ちゅうとはんぱ》なことになっていた時《とき》、ちょうど、この川《かわ》に古《ふる》くからいる河童《かっぱ》が、引《いん》退《たい》するって言《い》ってきてね、その仕事《しごと》を引《ひ》き継《つ》いだんだよ」

「仕事《しごと》って、子《こ》どもを川《かわ》に引《ひ》きずりこむとかですか？」

そう聞《き》いたら、ものすごい勢《いきお》いで怒《おこ》られてしまった。

「ちがうっ。河童《かっぱ》っていうのは、本当《ほんとう》は、川《かわ》で遊《あそ》ぶ子《こ》どもを助《たす》ける存在《そんざい》だったんだ。溺《おぼ》れている子《こ》どもを助《たす》けることこそ、河童《かっぱ》の仕事《しごと》だ」

俺《おれ》は、ちょっとおどろいた。

「えっ、でも河童《かっぱ》って、危《あぶ》ない妖怪《ようかい》ってことになってますよね」

「危《あぶ》ない場所《ばしょ》から、子《こ》どもを遠《とお》ざけるために、わざとそう思《おも》われるようにしていたんだよ。川《かわ》の危《あぶ》ない場所《ばしょ》っていうのは決《き》まっているから、そこで、何度《なんど》かいたずらをして脅《おど》かしてやれば、『河童《かっぱ》が出《で》る危《あぶ》ない場所《ばしょ》』ってことになって、そこに子《こ》どもが近《ちか》づかなくなり、事故《じこ》が減《へ》る。そうして、子《こ》どもを救《すく》っていたんだ」

川《かわ》の人《ひと》は、次《つぎ》の日《ひ》も来《き》た。

でも、前《まえ》の日《ひ》よりも、さらに画質《がしつ》の悪《わる》いビデオ画像《がぞう》みたいになって、ホラー感《かん》が増《ま》していた。消《き》えかけのざらざらしたビデオ画像《がぞう》みたいな「川《かわ》の人《ひと》」が、ぱっ、ぱっ、ぱ、と近《ちか》づいてくる。俺《おれ》には、まるでホラー映画《えいが》に見《み》えるのに、山口《やまぐち》はやっぱり何《なに》も気《き》づかないらしい。

「うふふふふ」

青《あお》ざめて突《つ》っ立《た》っている俺《おれ》を見《み》て、川《かわ》の人《ひと》はおもしろそうに笑《わら》った。

「まだ、ぼくが誰《だれ》なのかって、半信半疑《はんしんはんぎ》なのかな。おかげで今日《きょう》も、ぎりぎり話《はなし》ができる。でも、確信《かくしん》したら、その瞬間《しゅんかん》に、きれーいに見《み》えなくなるよ」

その声《こえ》が、途中《とちゅう》で聞《き》こえたり聞《き》こえなくなったりしてきた。

「誠《せい》……んは、見《み》える……、そのまま受《う》け……タイプだから、もうちょっ……そうだけど、まあ、君《きみ》がだまっ……れてても、もう……」

「えっ？　な、何《なん》か、今日《きょう》はもう、半分《はんぶん》くらいしか聞《き》こえてませんよ」

俺《おれ》が言《い》うと、川《かわ》の人《ひと》は、急《きゅう》に慌《あわ》てだした。

絵《え》を描《か》いている山口《やまぐち》を手招《てまね》きして呼《よ》びよせて、俺《おれ》と山口《やまぐち》二人に向《む》かって、早口《はやくち》で話《はな》し始《はじ》めた。

俺《おれ》には、もうほとんど聞《き》きとれなくなってしまった。

だから、ここから先《さき》は、後《あと》で山口《やまぐち》に教《おし》えてもらった話《はなし》だ。

「白井《しらい》さんのうちには、ステンドグラスがはまったアトリエがあるだろう」

「ああ、はい」

山口《やまぐち》はスケッチブックを脇《わき》にはさんで、きょとんとして聞《き》いていた。

「そこに、朝顔《あさがお》の彫《ほ》り物《もの》がしてある三段《だん》の引《ひ》き出《だ》しが付《つ》いた棚《たな》があるはずだ」

「はい、あります」

俺《おれ》もそれは記憶《きおく》にあった。ずいぶん高価《こうか》そうなアンティークの棚《たな》だと、感心《かんしん》して見《み》たんだ。

「一番上《いちばんうえ》の引《ひ》き出《だ》しは、カギ付《つ》きだけど、カギはかかってない。もともとカギがなかったんだ。二重底《にじゅうぞこ》になっていて、カギがなくても、ものをかくせる仕組《しく》みになっているんだ。そこに……」

川《かわ》の人《ひと》は、とっておきの秘密《ひみつ》を話《はな》すみたいに、うれしそうに続《つづ》けた。

「そこに、白井《しらい》さんの亡《な》くなった息子《むすこ》が、恋人《こいびと》にあげたかった絵《え》があるんだよ。君《きみ》たちで見《み》つけて、渡《わた》してほしい」

山口《やまぐち》は素直《すなお》にうなずきながら、言《い》われたことを聞《き》いている。

「白井《しらい》さんの息子《むすこ》の恋人《こいびと》って、ぼくのばあちゃんのことですよね。だから、うちのばあちゃんに渡《わた》したらいいんだ。分《わ》かりました」

山口《やまぐち》が絵《え》を見《み》つけて、ばあちゃんに渡《わた》すことを引《ひ》き受《う》けると、川《かわ》の人《ひと》は、俺《おれ》の方《ほう》を見《み》てにっこり笑《わら》った。その静《しず》かな、何《なん》ていうか、この世《よ》での幸《しあわ》せをもう全部《ぜんぶ》あきらめたみたいな独特《どくとく》の笑《わら》い方《かた》が、ものすごく山口《やまぐち》っぽかった。

（うわっ、笑《わら》い方《かた》がすげえ似《に》てる。この人《ひと》、やっぱり「山口《やまぐち》のじいちゃん」なんだ）

そう思《おも》った次《つぎ》の瞬間《しゅんかん》、「山口《やまぐち》のじいちゃん」は、ぱっと見《み》えなくなった。

木《き》の舟《ふね》も、竹《たけ》の竿《さお》もいっぺんに、俺《おれ》には、全部《ぜんぶ》きれーいに、見《み》えなくなった。

痛《いた》んでいた頭《あたま》が、すっきりして何《なん》ともなくなった。

代《か》わりに遠《とお》くの車《くるま》の音《おと》と、ヒグラシの鳴《な》き声《ごえ》が、うるさいくらいに聞《き》こえ始《はじ》めた。

でも、川《かわ》の人《ひと》は、まだそこにいて、山口《やまぐち》には普通《ふつう》に見《み》えていたらしい。

山口《やまぐち》は、その後《あと》もそのまま、前《まえ》の日《ひ》と同《おな》じように絵《え》を描《か》いていた。

たまに、ぶつぶつひとりごとみたいに話《はなし》をして、川《かわ》の人《ひと》が去《さ》っていく時《とき》には、長《なが》いこと、川《かわ》下《しも》に向《む》かって手《て》を振《ふ》り続《つづ》けていた。


俺《おれ》にはもう、川《かわ》の人《ひと》が見《み》えなくなってしまった。

だけど、山口《やまぐち》はとんでもなくにぶいから、もう少《すこ》し会《あ》ったり、話《はな》したりできるんだと思《おも》っていた。だから、昼飯《ひるめし》を食《く》いに白井家《しらいけ》に戻《もど》って、義一《よしかず》さんが仏壇《ぶつだん》を開《ひら》いているのを見《み》た時《とき》は「あっ」と思《おも》った。

「おかえり、釣《つ》れたかい？」

そう言《い》う義一《よしかず》さんの後《うし》ろの仏壇《ぶつだん》に、小《ちい》さめの写真立《しゃしんた》てが二つあった。

一枚《まい》は、くっきりした明《あか》るいカラー写真《しゃしん》で、にっこり笑《わら》ったおばあさんが写《うつ》っていた。

四月に亡《な》くなったという、久子《ひさこ》さんだ。

もう一枚《まい》もカラーだった。

ただ、色《いろ》の感《かん》じが古《ふる》くて、そして、写《うつ》っているのは「川《かわ》の人《ひと》」だった。

まさに、ついさっきまで、そこで話《はな》していたそのままの顔《かお》で笑《わら》っていた。

山口《やまぐち》は、その写真《しゃしん》に、真《ま》っすぐ近《ちか》づいていった。

「えっ」

それだけ、言《い》って、だまって写真《しゃしん》の顔《かお》を見《み》つめていた。

俺《おれ》には、写真《しゃしん》の中《なか》の「山口《やまぐち》のじいちゃん」と山口《やまぐち》が、見《み》つめ合《あ》っているように見《み》えた。

義一《よしかず》さんが言《い》った。

「それは、わしの息子《むすこ》の聡《さとし》じゃ」

山口《やまぐち》は、もう一度《いちど》「えっ」と間《ま》の抜《ぬ》けた声《こえ》を出《だ》した。

それから、昼食《ちゅうしょく》にソーメンをゆでて三人《にん》で食《く》ったんだが、あいつは、ぼーっとなって、何《なん》にもしゃべらなかった。

俺《おれ》はソーメンを三束《たばく》食ったが、山口《やまぐち》は半束《はんたば》も食《た》べられないようだった。

義一《よしかず》さんは、初《はじ》めて自分《じぶん》の「祖父《そふ》」の写真《しゃしん》を見《み》て山口《やまぐち》がショックを受《う》けたんだと思《おも》ったみたいだ。気《き》づかうように、いろいろ話《はな》してくれた。

「わしは、あまり信心深《しんじんぶか》くないから、仏壇《ぶつだん》はいつもは戸《と》を閉《し》めておるんじゃ。久子《ひさこ》も聡《さとし》も、きゅうくつな体《からだ》から抜《ぬ》けだして、それぞれもう自分《じぶん》たちの好《す》きなところにおる気《き》がするのよ」

それは本当《ほんとう》だった。「聡《さとし》さん」は、引退《いんたい》した河童《かっぱ》の仕事《しごと》を引《ひ》き継《つ》いで、川《かわ》にいるんだから。

「じゃが、お盆《ぼん》になると、聡《さとし》の友《とも》だちが、毎年《まいとし》、お参《まい》りに来《き》てくれるからの、その時《とき》だけは、仏壇《ぶつだん》を開《あ》けておくことにしとる。祈《いの》る場所《ばしょ》があるというのも、大事《だいじ》なことかと思《おも》うての。今日《きょう》も、午後《ごご》からお参《まい》りに来《き》ます、言《い》うて電話《でんわ》があったのよ」

それから義一《よしかず》さんは、三十五年前《ねんまえ》の聡《さとし》さんの事故《じこ》のことを話《はな》してくれた。

聡《さとし》さんは、その時《とき》、まだ美術学校《びじゅつがっこう》の学生《がくせい》で、夏休《なつやす》みに帰省《きせい》していたんだそうだ。

こっちの友《とも》だちと久《ひさ》しぶりに会《あ》って、海《うみ》に出《で》かけた時《とき》、子《こ》どもが溺《おぼ》れているのを見《み》つけた。なんとか子《こ》どもを助《たす》けたものの、力尽《ちからつ》きて自分《じぶん》が溺《おぼ》れてしまって、そのまま意識《いしき》が戻《もど》らず亡《な》くなったのだそうだ。

「亡《な》くなるまで、三か月入院《げつにゅういん》しておった。その時《とき》に、友《とも》だちがたくさん集《あつ》まってな、聡《さとし》は海《うみ》で溺《おぼ》れたまま、帰《かえ》る場所《ばしょ》が分《わ》からなくなって迷《まよ》っとるんじゃないか、それで意識《いしき》が戻《もど》らんのじゃないかという話《はなし》になった。それで、溺《おぼ》れた海《うみ》から、ずーっと、川沿《かわぞ》いに入院先《にゅういんさき》の病院《びょういん》までのろしを焚《た》いてくれたのよ。そうして、みんなで何度《なんど》も聡《さとし》の名前《なまえ》を呼《よ》んで、『がんばれ』『生《い》きろ』と叫《さけ》んでくれた。今《いま》でも、あの日《ひ》に、大勢《おおぜい》の若者《わかもの》が聡《さとし》を呼《よ》んでくれた声《こえ》を思《おも》いだすよ」

義一《よしかず》さんは、今《いま》、その呼《よ》び声《ごえ》が聞《き》こえてきたみたいな顔《かお》になって、しばらくだまった。

山口《やまぐち》も、その声《こえ》が聞《き》こえているような顔《かお》をしていた。

俺《おれ》にも、聞《き》こえるような気《き》がした。

義一《よしかず》さんは、長《なが》い沈黙《ちんもく》の後《あと》、ぽつりと言《い》った。

「意識《いしき》が戻《もど》らずに亡《な》くなってしまうたけど、きっと、聡《さとし》には聞《き》こえとったと思《おも》うよ」

昼食《ちゅうしょく》の片《かた》づけをしてから、山口《やまぐち》と二人で部屋《へや》に戻《もど》った。

そこで俺《おれ》と二人になった時《とき》、山口《やまぐち》はやっと口《くち》を開《ひら》いた。

「聡《さとし》さんが『川《かわ》の人《ひと》』なの？　でも、聡《さとし》さんって、三十五年前《ねんまえ》に亡《な》くなってるんでしょ。それに、海《うみ》で溺《おぼ》れたのは友《とも》だちだって話《はな》していたのに、どうなってるの？」

俺《おれ》は、寝転《ねころ》ぶために枕《まくら》にしようとしていた座布団《ざぶとん》を両手《りょうて》でばんっ、とたたいて言《い》った。

「山口《やまぐち》、お前《まえ》は、にぶすぎる！」

ぐちゃぐちゃだった山口《やまぐち》の頭《あたま》を整理《せいり》させるのには、ものすごく時間《じかん》がかかった。

聡《さとし》さんも消《き》えてしまう前《まえ》にちょっと言《い》っていたけど、山口《やまぐち》は、あまり深《ふか》く考《かんが》えず、言《い》われたことを言《い》われたままに、見《み》えたものを見《み》えるままに、丸《まる》ごと受《う》けとめるタイプみたいだ（山口《やまぐち》って人《ひと》を疑《うたが》うってことが全《まった》くなさそうだもんな。心《こころ》がきれいだから、あんないい絵《え》が描《か》けるのかもな……）。

俺《おれ》は、聡《さとし》さんが「海《うみ》で溺《おぼ》れた友人《ゆうじん》」として、本当《ほんとう》は、自分《じぶん》のことを話《はな》していたんだと説明《せつめい》してやった。精《せい》いっぱい、分《わ》かりやすく話《はな》してやったんだが、山口《やまぐち》は、それを理解《りかい》するのにも、一時間《じかん》くらいかかった。

あげくに、目《め》をうるませながら俺《おれ》の顔《かお》を見《み》て、

「川《かわ》の人《ひと》……、聡《さとし》さん自身《じしん》が、子《こ》どもを助《たす》けて死《し》んだ人《ひと》だったんだ。なんで？　なんで、ぼくのじいちゃんだよ、って言《い》ってくれなかったの？」

と聞《き》いてくるので、俺《おれ》は、正体《しょうたい》を知《し》った人《ひと》には見《み》えなくなってしまう、という「ルール」を必《ひっ》死《し》で教《おし》えてやった。

「さっき会《あ》った時《とき》も、途中《とちゅう》から俺《おれ》には、全《まった》く見《み》えないし、声《こえ》も聞《き》こえなくなっていたんだよ」

「え、じゃあ、ぼくも、もう川《かわ》の人《ひと》……、聡《さとし》さんに会《あ》えないってこと？」

「うん、そうなると思《おも》う……」

山口《やまぐち》は畳《たた》んで重《かさ》ねた布団《ふとん》に寄《よ》りかかったまま、目《め》を見開《みひら》いて、ぼーっとしていた。それから、声《こえ》を殺《ころ》して泣《な》きだしたんだが、俺《おれ》はもう、どう声《こえ》をかけたらいいのか分《わ》からず、ただ見守《みまも》るしかなかった。

だが、ショックを受《う》けつつも、「聡《さとし》さん」に頼《たの》まれていたことを思《おも》いだしたらしい。

「そうだ、朝顔《あさがお》の棚《たな》の引《ひ》き出《だ》し……。聡《さとし》さんが、ばあちゃんに渡《わた》したかったものが入《はい》ってるんだよね？」

そう言《い》って立《た》ち上《あ》がると、涙《なみだ》をぬぐってアトリエへ向《む》かって走《はし》りだした。

いそいで俺《おれ》も、後《あと》を追《お》った。

第《だい》五章《しょう》　からくりのある棚《たな》の秘密《ひみつ》

【山口誠矢《やまぐちせいや》】

アトリエのドアを開《あ》けると、ステンドグラスから光《ひかり》が斜《なな》めに差《さ》して、ほこりがきらきら舞《ま》っていた。

朝顔《あさがお》の彫《ほ》り物《もの》がしてある棚《たな》にも少《すこ》し光《ひかり》が当《あ》たっている。

一番上《いちばんうえ》の引《ひ》き出《だ》しを引《ひ》いてみた。

途中《とちゅう》で何《なに》かに引《ひ》っかかって、全部《ぜんぶ》は引《ひ》き抜《ぬ》けない。

「前《まえ》から、この引《ひ》き出《だ》しだけ、三センチくらい浅《あさ》くて変《へん》だと思《おも》ってたんだ」

久子《ひさこ》さんが描《か》いた朝顔《あさがお》の絵《え》を出《だ》して、空《から》になった引《ひ》き出《だ》しの奥《おく》をのぞいてみる。

「梶野《かじの》くん、何《なに》か分《わ》かる？」

梶野《かじの》くんは、ポケットからスマホを出《だ》すと、ライトをつけて奥《おく》を照《て》らした。

「うーん、分《わ》からない。よくある仕掛《しか》けなのかもしれないけど……」

表《おもて》で、車《くるま》が止《と》まる音《おと》がした。

義一《よしかず》さんが玄関《げんかん》を出《で》てあいさつする声《こえ》がする。

「聡《さとし》さんの、友《とも》だちが来《き》たんだな」

梶野《かじの》くんが、窓《まど》のところへ行《い》った。ほこりっぽいレースのカーテンの隙間《すきま》からのぞいてみると、男《おとこ》の人《ひと》たちが五、六人《にん》、にぎやかに車《くるま》を降《お》りてきた。

うちのばあちゃんよりちょっと若《わか》いくらいの、おじさんたちだ。事故《じこ》が三十五年《ねん》も前《まえ》のことなんだって、実感《じっかん》した。

「そうだ」

ぼくは、同《おな》じように生《い》きて年《とし》を取《と》っている、ばあちゃんのことを思《おも》いだした。

「ばあちゃんに聞《き》いたら、引《ひ》き出《だ》しの開《あ》け方《かた》を知《し》ってるかもしれない。恋人《こいびと》だったんだから、この家《いえ》に来《き》たことあるかも」

「ああ、それ、いいんじゃないか？」

梶野《かじの》くんも賛成《さんせい》した。

でも、言《い》ってから、ぼくは迷《まよ》った。

「ぼく、ばあちゃんに塩《しお》をぶちまけて、家《いえ》を飛《と》びだしてきたんだ。あれ以来《いらい》、一度《いちど》も電話《でんわ》してないし、しゃべってない……」

「う〜ん、そりゃあ、かなり気《き》まずいな」

「それに……」

ぼくは、電話《でんわ》したくない気《き》もちと、電話《でんわ》しなければいけないという気《き》もちと、そもそもばあちゃんが電話《でんわ》に出《で》ないんじゃないかという心配《しんぱい》で、ぐちゃぐちゃになった頭《あたま》で、必死《ひっし》に説明《せつめい》した。

「前《まえ》に、この家《いえ》の電話《でんわ》から義一《よしかず》さんが電話《でんわ》した時《とき》、ばあちゃんはいきなり電話《でんわ》を切《き》ったんだ。うちの家《いえ》の電話《でんわ》は、かかってきた番号《ばんごう》が表示《ひょうじ》されるようになってるから、この家《いえ》から電話《でんわ》したら、ばあちゃんは電話《でんわ》に出《で》ないかもしれない」

すると、梶野《かじの》くんが、自分《じぶん》のスマホを差《さ》しだしてきた。

「じゃあ、これでかければいい」

「え、あっそうか、いいの?」

「いいよ、何《なに》も問題《もんだい》ない」

すぐに電話《でんわ》することにした。

ばあちゃんとは話《はな》したくないけど、目《め》の前《まえ》には、どうしても開《あ》けたい引《ひ》き出《だ》しがある。

うちの電話番号《でんわばんごう》を梶野《かじの》くんに押《お》してもらって、渡《わた》されたスマホを耳《みみ》に当《あ》てた。

「ばあちゃん、出《で》るかな。お盆休《ぼんやす》みで、ずっと家《いえ》にいるはずだけど」

呼《よ》び出《だ》し音《おん》が二回《かい》した後《あと》、しゃがれた、ばあちゃんの声《こえ》がした。

「はい、どなた？」

ものすごく、機嫌《きげん》の悪《わる》そうな声《こえ》だった。

「ばあちゃん、ぼく、誠矢《せいや》」

「誰《だれ》の電話《でんわ》でかけてるんだい」

最初《さいしょ》はいぶかしむように小声《こごえ》だったのに、ばあちゃんの声《こえ》はすぐに大《おお》きくなった。

「そうだ、よくもお前《まえ》、あたしに塩《しお》を！」

スマホから耳《みみ》をちょっと離《はな》しながら、どうにか、話《はな》を続《つづ》けた。

「ごめんなさい。それより聞《き》いてよ。ぼく、聡《さとし》さんに会《あ》ったんだよ」

「は？」

「髪《かみ》がふわっとしてて、くせっ毛《け》なのがちがうだけで、兄《にい》ちゃんにそっくりだったよ」

「あんた、それ、写真《しゃしん》で見《み》たんだろ？」

ばあちゃんが、急《きゅう》に、ぼくの話《はなし》に食《く》いついてきたのを感《かん》じた。

「ちがうの。会《あ》ったの。あの人《ひと》、川《かわ》にいるんだよ。聡《さとし》さんだってことを知《し》らない人《ひと》とは、会《あ》ったり、話《はな》したりできるんだ。今《いま》、遊《あそ》びに来《き》てくれている梶野《かじの》くんっていう友《とも》だちも会《あ》ったんだ。話《はなし》もした。でも、今日《きょう》、写真《しゃしん》を見《み》て聡《さとし》さんなんだって分《わ》かってしまったから、ぼくらは、もう会《あ》えないと思《おも》う」

自分《じぶん》でも何《なに》を言《い》っているのか、分《わ》からなくなったけど、ばあちゃんは、びっくりするくらい真剣《しんけん》に話《はなし》を聞《き》いてくれていた。

「それで、朝顔《あさがお》の彫《ほ》り物《もの》がしてある棚《たな》の引《ひ》き出《だ》しに、ばあちゃんに渡《わた》したいものをかくしてあるって言《い》われたんだ。だけど、開《あ》かないんだよ。途中《とちゅう》で引《ひ》っかかっちゃって。ばあちゃん、開《あ》け方《かた》知《し》ってる？」

ばあちゃんは、しばらく返事《へんじ》をしなかった。それから、ゆっくりと確認《かくにん》するように言《い》った。

「川《かわ》に、聡《さとし》さんがいて、あたしに渡《わた》したいものがあるって言《い》ったんだね。それは、その家《いえ》の引《ひ》き出《だ》しに入《はい》っていて、それが開《あ》かないっていう、そういうことなんだね」

「うん」

電話《でんわ》の向《む》こうでばあちゃんが、自分《じぶん》を落《お》ち着《つ》かせるように息《いき》を吐《は》くのが聞《き》こえた。

「分《わ》かった。その引《ひ》き出《だ》しは、開《あ》けずに、そのままにしといとくれ」

「ええっ、あきらめちゃうの？」

「ちがうよ。あたしが、そっちに行《い》って、自分《じぶん》で開《あ》けるんだよ。明日《あす》、そっちに行《い》くから、義《よし》一《かず》さんによろしく伝《つた》えといてくれ」

そして、ぶつっと電話《でんわ》が切《き》れた。

【梶野篤史《かじのあつし》】

山口《やまぐち》の顔《かお》は真《ま》っ青《さお》を通《とお》り越《こ》して、真《ま》っ白《しろ》だった。

「うそ……。ばあちゃん、こっちに来《く》るって」

「ああ、聞《き》こえてたよ。すげえ、でかい声《こえ》だったもん」

「どうしよう、ばあちゃん、ぼくの机《つくえ》を真《ま》っ二《ぷた》つにするような人《ひと》だよ。この引《ひ》き出《だ》しも、いよいよ開《あ》かなくなったら、切《き》っちゃうと思《おも》うよ！　しかも、人《ひと》に命令《めいれい》して切《き》らせるんだ。つまり、ぼくらが、切《き》ることになるのかも……」

「うん、でもまあ、引《ひ》き出《だ》しが開《あ》くならそれもありなんじゃないか？」

俺《おれ》も、混乱《こんらん》してきて、適当《てきとう》なことを言《い》ってしまった。

俺《おれ》はまだ、「妖怪《ようかい》みたいなんだ」っていう山口《やまぐち》のばあちゃんに会《あ》ったことはないんだが、棚《たな》を開《あ》けるって決《き》めたら、どんなことをしても必《かなら》ず開《あ》ける人《ひと》なんだろうな。

恐《おそ》ろしいが、ある意味《いみ》かっこいいかもしれない。

「取《と》りあえず、義一《よしかず》さんに、伝《つた》えとかなきゃ」

山口《やまぐち》はそう言《い》いながら、ふらふらとアトリエから出《で》ていった。

義一《よしかず》さんは玄関《げんかん》にいた。

お参《まい》りに来《き》てくれたお客《きゃく》さんたちを玄関《げんかん》で見送《みおく》ったところで、お客《きゃく》さん用《よう》のスリッパを片《かた》づけているところだった。

「あの、明日《あす》、うちのばあちゃんが来《く》るって」

「ここへ？」

「はい」

「明日《あす》……」

「はい」

山口《やまぐち》と義一《よしかず》さんは、しばらく、無言《むごん》のまま二人で見《み》つめ合《あ》っていた。

義一《よしかず》さんが先《さき》に、我《われ》に返《かえ》ったみたいになって動《うご》きだした。

「それじゃあ、すしを注文《ちゅうもん》しておこう。昼《ひる》ごはんを、ぜひうちで食《た》べてもらいたい」

義一《よしかず》さんは、電話《でんわ》のそばにある書類入《しょるいい》れから、ものすごく古《ふる》そうな電話帳《でんわちょう》を取《と》りだした。

きっと、近所《きんじょ》のおすし屋《や》さんに電話《でんわ》するんだ。

「ぼ、ぼく、お茶《ちゃ》を出《だ》そっかな」

明日《あす》のことなのに、山口《やまぐち》は台所《だいどころ》に入《はい》って、客用《きゃくよう》の湯呑《ゆの》みを用意《ようい》し始《はじ》めた。

山口《やまぐち》は、ばあちゃんが来《く》ることだけ伝《つた》えて、聡《さとし》さんに川《かわ》で会《あ》ったなんて話《はなし》はしなかった。

たしかに、亡《な》くなった息子《むすこ》さんに会《あ》いましたなんて、簡単《かんたん》に口《くち》にしていいようなことじゃない。


こっちに来《き》て三日目《かめ》の朝《あさ》。

耳元《みみもと》でムーッと低《ひく》い音《おと》がして、俺《おれ》は跳《と》び起《お》きた。

かけておいたスマホのアラームを、山口《やまぐち》を起《お》こさないように素早《すばや》く切《き》る。

心配《しんぱい》しなくても、山口《やまぐち》はよく寝《ね》ていた。

昨日《きのう》の夜《よる》は、「ばあちゃんが来《く》る」と青《あお》ざめたまま、なかなか寝《ね》つけなかったようだったから、しっかり寝《ね》させておこう。

着替《きが》えをつかむと、静《しず》かに部屋《へや》を出《で》た。

洗面所《せんめんじょ》に行《い》くと、ごとんごとんゆれながら、洗濯機《せんたくき》が回《まわ》っていた。

義一《よしかず》さんが、もう起《お》きているんだ。

俺《おれ》が、洗濯機《せんたくき》の前《まえ》で、ごそごそ着《き》がえていると、稽古着《けいこぎ》に着《き》がえた義一《よしかず》さんが通《とお》りかかった。

「あ、おはようございます」

「おお、おはよう。今朝《けさ》も、早《はや》いなあ」

義一《よしかず》さんは、部屋《へや》が暑《あつ》くなかったか、蚊《か》が出《で》なかったか、一通《ひととお》り心配《しんぱい》して聞《き》いてくれた。

寝《ね》る部屋《へや》は二階《かい》だから、網戸《あみど》にしたまま寝《ね》られるんだ。冷《つめ》たい夜風《よかぜ》が入《はい》ってきて、涼《すず》しかった。蚊《か》は初日《しょにち》に一匹出《ぴきで》たけど、液体蚊取《えきたいかと》りで撃退《げきたい》した。

「問題《もんだい》ないです、気《き》もちよく寝《ね》られました」

そう答《こた》えると、義一《よしかず》さんはうれしそうにうなずいて、玄関《げんかん》から出《で》ていった。

道場《どうじょう》で朝《あさ》の稽古《けいこ》をするんだろう。

俺《おれ》も、続《つづ》いて外《そと》に出《で》た。

庭先《にわさき》で軽《かる》くアップしてから、道《みち》に出《で》て、ゆっくりと走《はし》り始《はじ》める。

十二日にこっちに着《つ》いてから、本当《ほんとう》にいろいろあった。

俺《おれ》が川《かわ》の人《ひと》に初《はじ》めて会《あ》ったのは、十三日だったんだ。

十四日の昨日《きのう》は、川《かわ》の人《ひと》が聡《さとし》さんだって分《わ》かって、それから、山口《やまぐち》のばあちゃんが来《く》ることが急《きゅう》に決《き》まった。

十五日の今日《きょう》も、山口《やまぐち》のばあちゃんがやってくるんだから、大変《たいへん》なことになりそうだ。

それでも俺《おれ》は、いつも通《どお》り走《はし》りたかった。

川沿《かわぞ》いに、図書館《としょかん》まで走《はし》る。

川《かわ》は、長《なが》くて、きらきら光《ひか》っている。

俺《おれ》にはもう見《み》えないけど、「聡《さとし》さん」がいるのかもしれない。

今《いま》も、俺《おれ》を見《み》ているかもしれない。

ホラーな見《み》え方《かた》をした時《とき》は、さすがに恐《おそ》ろしかったが、今《いま》はもう、何《なに》も怖《こわ》くなかった。

あの人《ひと》は、元気《げんき》がなかった山口《やまぐち》の話《はなし》を聞《き》いて、励《はげ》ましてくれたそうじゃないか。

本当《ほんとう》は、「聡《さとし》さん」みたいに見《み》えないものや、会《あ》ったことのないご祖先祖様《そせんぞさま》なんかが、他《ほか》にもいっぱい、いるのかもな。

それがみんな、生《い》きている俺《おれ》たちを応援《おうえん》してくれているんだとしたら、すごくいいじゃないか。

【山口誠矢《やまぐちせいや》】

義一《よしかず》さんが、朝《あさ》からネクタイをしめていた。

いつも、作務衣《さむえ》か稽古着《けいこぎ》だから、洋服《ようふく》を着《き》ているのを初《はじ》めて見《み》た。

落《お》ち着《つ》かないみたいで、朝《あさ》ごはんをぽろぽろこぼしていた。

ぼくは、全《まった》く食欲《しょくよく》がなかった。

ばあちゃんが義一《よしかず》さんに何《なに》を言《い》うか、義一《よしかず》さんがばあちゃんに何《なに》を言《い》われるのか、心配《しんぱい》しすぎて、もう吐《は》きそうだった。

でも、ばあちゃんは、夜《よる》、自分《じぶん》から義一《よしかず》さんに電話《でんわ》してきたんだそうだ。

「昼《ひる》の二時《じ》過《す》ぎに電車《でんしゃ》で来《こ》られるそうじゃ。迎《むか》えに行《い》きますと言《い》うてみたんじゃが、駅《えき》からはタクシーで来《く》るとおっしゃった。あいさつをするだけで、すぐ帰《かえ》ると言《い》われるんじゃが、いつでも泊《と》まってもらえるように用意《ようい》はしておるんよ」

「ばあちゃん、今度《こんど》はちゃんとしゃべったんだね。ぼく、なんか感《かん》じる……。ばあちゃんがここに近《ちか》づいてきている」

ぶるっと体《からだ》がふるえた。

夏《なつ》なのに、朝《あさ》からやたら寒《さむ》い。

「まあ、落《お》ち着《つ》け」

梶野《かじの》くんがあったかいお茶《ちゃ》を勧《すす》めてくれたけど、ぼくは一口《ひとくち》飲《の》んでむせてしまった。

梶野《かじの》くんは、ぼくがテーブルに噴《ふ》きだしたお茶《ちゃ》を、だまって拭《ふ》いてくれた。

十一時《じ》には、おすし屋《や》さんが車《くるま》で来《き》た。

義一《よしかず》さんが、「万《まん》が一《いち》、初枝《はつえ》さんが二時《じ》じゃなくて、お昼前《ひるまえ》に到着《とうちゃく》された時《とき》のために」って、おすしを頼《たの》んだままにしていたんだ。

お昼《ひる》ごはんに、その「念《ねん》のために頼《たの》んでおいたおすし」を食《た》べちゃおう、ってことになった。

おすしは、一人分《ぶん》ずつ丸《まる》い桶《おけ》に入《はい》っていて、すごく高級《こうきゅう》そうだった。

でも、ぼくにはそのおすしが、全《まった》く食《た》べ物《もの》に見《み》えなかった。

「あ、味《あじ》が、全然《ぜんぜん》しない……」

「もったいないから、ばあちゃんが帰《かえ》ってから食《く》え」

そう言《い》って、梶野《かじの》くんが、ぼくのすし桶《おけ》にラップをかけてくれた。

義一《よしかず》さんも、全《まった》く食《た》べなかった。

義一《よしかず》さんと二人で、そわそわ、立《た》ったり座《すわ》ったりしているうちに、ついに二時《じ》になった。

そして、タクシーがやってきて家《いえ》の前《まえ》の道《みち》に止《と》まった。

後部座席《こうぶざせき》から出《で》てきたばあちゃんは、なんと、着物《きもの》を着《き》ていた。

すごく上品《じょうひん》なグレーの着物《きもの》だった。

髪《かみ》の毛《け》もツヤツヤで、明《あか》るい色《いろ》になっている。

ほんとにばあちゃんなのか、目《め》を疑《うたが》いつつ、走《はし》って道路《どうろ》まで迎《むか》えに出《で》た。

「ばあちゃん」

「誠矢《せいや》、あら、あんたずいぶん日《ひ》に焼《や》けてるじゃないの」

ふわっと、花《はな》みたいないいにおいまでする。

「ばあちゃん、なんで着物《きもの》なの？」

「ちょっと、ちゃんとしてきただけだよ。それより、あんたよくもあたしに塩《しお》を……」

たちまち、眉間《みけん》にしわが寄《よ》り、目《め》が三角《さんかく》になる。やっぱりばあちゃんだった。

「あ、その荷物《にもつ》持《も》ってあげる」

ぼくは、急《いそ》いで話《はなし》をそらした。

話《はなし》をそらしたというか、ばあちゃんが突然怒《とつぜんおこ》り始《はじ》めて、紙袋《かみぶくろ》を振《ふ》りまわして暴《あば》れるかもしれないので、ぼくが持《も》つことにした。

お土産《みやげ》が入《はい》っているらしい紙袋《かみぶくろ》は、持《も》ってみると意外《いがい》に重《おも》かった。

「ばあちゃん、この家《いえ》に来《き》たことあるの？」

「あるよ。一度《いちど》だけね。結婚《けっこん》したかったから、聡《さとし》さんが帰省《きせい》するのについて、あいさつしに来《き》た。その時《とき》の、向《む》こうのお母《かあ》さんの態度《たいど》があんまりだったから、頭《あたま》に来《き》てね、派手《はで》な口《くち》げんかになっちゃって。あそこの玄関《げんかん》のところで、『二度《にど》と来《く》るな』って、塩《しお》をまかれた」

「し、塩《しお》を？」

びっくりした。

話《はなし》をそらしたつもりが、また塩《しお》の話《はなし》に戻《もど》ってしまった。

「そう、お祓《はら》いみたいなもんだよ。嫌《きら》いな相手《あいて》が来《き》た後《あと》にまくんだ。邪気《じゃき》を払《はら》うっていうか、二《に》度《ど》と来《く》るな、っていうおまじないなんだ。あんた分《わ》かってて、あたしに塩《しお》をまいたんじゃなかったのかい？」

「全然知《ぜんぜんし》らなかった。ただ、ケチャップをまいたら、後《あと》の掃除《そうじ》が大変《たいへん》そうだから、塩《しお》なら掃除《そうじ》機《き》で吸《す》えばいいし、ばあちゃんも怪我《けが》もしないし、いいかなって……」

ばあちゃんは、苦々《にがにが》しげな顔《かお》でうなずいた。

「たしかに、ケチャップよりはマシだったかね」

銀色《ぎんいろ》の草履《ぞうり》で、三十五年前《ねんまえ》に塩《しお》をまかれたっていう玄関《げんかん》に向《む》かいながら、ばあちゃんは話《はな》した。

「その後《あと》すぐに、聡《さとし》さんは海《うみ》で事故《じこ》にあったんだ。あたしは一人でうちに帰《かえ》っていたから、事故《じ》のことをしばらく知《し》らなくてね、後《あと》でこの家《いえ》に電話《でんわ》したけど、入院先《にゅういんさき》も教《おし》えてもらえなかった」

ばあちゃんは、話《はな》しながらその時《とき》のことを思《おも》いだしたみたいで、だんだん赤《あか》くなってきた。

「おまけに、おなかに子《こ》どもができてるって話《はな》したら、もっとひどいことを言《い》われたんだよ」

手《て》もぶるぶるふるえていて、もう、着物《きもの》を着《き》た赤鬼《あかおに》みたいな感《かん》じだ。

そのおなかの子《こ》どもって、きっと母《かあ》さんのことなんだな。

門《もん》をくぐって、どんどん玄関《げんかん》が近《ちか》づいてくる。

義一《よしかず》さんが、開《あ》けた玄関《げんかん》の前《まえ》に立《た》っている。その後《うし》ろから、梶野《かじの》くんが、そーっと顔《かお》を出している。

ばあちゃんが、ついに、義一《よしかず》さんの目《め》の前《まえ》に立《た》った。

横《よこ》から、そっと盗《ぬす》み見《み》ると、ばあちゃんは義一《よしかず》さんとしっかり視線《しせん》を合《あ》わせて、にこやかな笑《え》みを浮《う》かべていた。

ばあちゃんが、先《さき》に口《くち》を開《ひら》いた。

「この度《たび》は、誠矢《せいや》が大変《たいへん》お世話《せわ》になっております」

そして、普通《ふつう》の、何《なに》も問題《もんだい》のないおばあさんみたいに、丁寧《ていねい》にお辞儀《じぎ》をした。

義一《よしかず》さんが、それに答《こた》えた。

「私《わたし》の方《ほう》こそ、誠矢《せいや》くんに来《き》ていただけて、うれしく思《おも》っております。本日《ほんじつ》は、遠《とお》いところをお越《こ》しくださり、ありがとうございます」

義一《よしかず》さんも、穏《おだ》やかな調子《ちょうし》ですらすらとしゃべった。あんなに、ぽろぽろ朝《あさ》ごはんをこぼしていたのに。

「どうぞ、お上《あ》がりください」

「では、失礼《しつれい》いたします」

でも、玄関《げんかん》に入《はい》る前《まえ》に、ぼくの方《ほう》を見《み》たばあちゃんの目《め》はやっぱり三角《さんかく》だった。

ばあちゃんは、ぼくにだけ聞《き》こえるように、ふるえる声《こえ》で言《い》った。

「ちくしょう、ここであの日《ひ》に、言《い》われたこと全部《ぜんぶ》思《おも》いだしちまった。どうやっても忘《わす》れられないよ！」

ぼくはもう、倒《たお》れそうになっていたので、台所《だいどころ》に引《ひ》っこんで、お茶《ちゃ》は、梶野《かじの》くんに出《だ》してもらうことにした。

「座敷《ざしき》の様子《ようす》が、廊下《ろうか》のガラス戸《ど》に映《うつ》ってるから、ここからでもちょっと見《み》えるぞ」

梶野《かじの》くんに教《おし》えてもらって、廊下《ろうか》のはしっこに行《い》ってのぞいた。

二人が、小《ちい》さい声《こえ》で、ぼそぼそ何《なに》か言《い》っては、ものすごく丁寧《ていねい》に、おでこが畳《たたみ》にくっつくくらいのお辞儀《じぎ》を繰《く》り返《かえ》しているのが見《み》えた。

「どんなホラー映画《えいが》よりも恐《おそ》ろしいな」

ぼくの代《か》わりにお茶《ちゃ》を出《だ》してきた梶野《かじの》くんが、ぼそっと言《い》った。


しばらくして、ばあちゃんと義一《よしかず》さんが廊下《ろうか》へ出《で》てきた。

「誠矢《せいや》くん、聡《さとし》のアトリエへ、案内《あんない》してさしあげてくれんか」

義一《よしかず》さんは、普通《ふつう》にそう言《い》ったけど、さすがに疲《つか》れたみたいで、顔《かお》が少《すこ》し火照《ほて》って、頬《ほお》が赤《あか》くなっていた。

「うん、まかせて」

「俺《おれ》も行《い》くよ」

梶野《かじの》くんもついてきた。

ばあちゃんは、引《ひ》き出《だ》しを開《あ》ける気《き》なんだ。着物《きもの》を着《き》て足袋《たび》で、しずしずと歩《ある》くばあちゃんをアトリエに案内《あんない》した。

「ばあちゃん、アトリエに入《はい》ったことあるの？」

「いや、初《はじ》めてだよ。なにせ、あの座敷《ざしき》で大《おお》げんかして、そのまんま追《お》い返《かえ》されたからね」

「義一《よしかず》さんもひどいこと言《い》ったの？」

「いいや、あの人《ひと》は、後《うし》ろの方《ほう》でオロオロしていただけ」

ぼくは、義一《よしかず》さんがオロオロしている光景《こうけい》がすぐ目《め》に浮《う》かんだ。

だけど、あんなにやさしい朝顔《あさがお》の花《はな》を描《か》く久子《ひさこ》さんが、怒《おこ》ったり塩《しお》をまくところは、うまく想像《そうぞう》できなかった。

ばあちゃんは、真《ま》っすぐに朝顔《あさがお》の棚《たな》のところへ行《い》った。

「家《いえ》に、おもしろい仕掛《しか》けの棚《たな》があるって、何度《なんど》か聡《さとし》さんが話《はな》してくれてたんだ」

ばあちゃんは、まず、一番下《いちばんした》の引《ひ》き出《だ》しを、半分《はんぶん》だけ手前《てまえ》へ引《ひ》いた。

それから、真《ま》ん中《なか》の引《ひ》き出《だ》しを、細《こま》かく抜《ぬ》いたり差《さ》したりした。

奥《おく》の方《ほう》で、カチっと音《おと》がした。

その後《あと》で、一番上《いちばんうえ》の引《ひ》き出《だ》しを引《ひ》っぱると、昨日《きのう》まで引《ひ》っかかって、絶対《ぜったい》に抜《ぬ》けなかった引《ひ》き出《だ》しが、するすると全部《ぜんぶ》抜《ぬ》けたんだ。

「うわあっ」

「おお～」

ぼくと、梶野《かじの》くんが同時《どうじ》に声《こえ》をあげた。

全部《ぜんぶ》抜《ぬ》くと、引《ひ》き出《だ》しはやっぱり二重底《にじゅうぞこ》になっていた。

引《ひ》き出《だ》しの奥《おく》になっていた板《いた》に、指《ゆび》を引《ひ》っかけられる穴《あな》があった。引《ひ》っぱると、三センチ分《ぶん》の、逆向《ぎゃくむ》きの引《ひ》き出《だ》しが出《で》てくる。

中《なか》には、オリーブ色《いろ》のスケッチブックが一冊《さつ》と、それとは別《べつ》に油紙《あぶらがみ》で包《つつ》まれた絵《え》が入《はい》ってい
た。

ちゃんともう、額縁《がくぶち》に入《い》れられている完成《かんせい》した絵《え》だ。

ばあちゃんが油紙《あぶらがみ》をそっとめくると、何《なに》かやわらかい桃色《ももいろ》っぽいものが描《か》かれているのが、ち
らりと見《み》えた。

「うふふふふ」

ばあちゃんが、急《きゅう》に笑《わら》い始《はじ》めた。

それから、途中《とちゅう》までめくって見《み》ていた絵《え》を、油紙《あぶらがみ》でさっさと包《つつ》み直《なお》してしまった。

うれしそうに、ぎゅっと胸《むね》に抱《だ》いてから、ぼくらに言《い》った。

「あんたら子《こ》どもには見《み》せられないね、ヌードだからね、あっはっは！」

「ヌードって、は、裸《はだか》？」

「そうさ。あたしが、聡《さとし》さんが通《かよ》っていた美術学校《びじゅつがっこう》に、この絵《え》のモデルをやりに行《い》って知《し》り合《あ》
ったんだよ。聡《さとし》さんは学生《がくせい》で、私《わたし》の方《ほう》が、八つも年上《としうえ》だったんだ。こっちの絵《え》なら見《み》せてあげ
てもいいかね」

ばあちゃんは、オリーブ色《いろ》のスケッチブックを開《ひら》いて、ぱらぱらと、見《み》せてくれた。

「え、これ全部《ぜんぶ》、ばあちゃん？」

「ふふん、きれいだろ」

眉毛《まゆげ》がきゅっと上《あ》がった、いかにも気《き》の強《つよ》そうな若《わか》い女《おんな》の人《ひと》の顔《かお》や姿《すがた》が、たくさん描《か》かれている。

笑《わら》っているのや、眠《ねむ》そうなのや、いろんな表情《ひょうじょう》の絵《え》だった。

「で、聡《さとし》さんの幽霊《ゆうれい》が出《で》たって川《かわ》の場所《ばしょ》は、どこかね」

ばあちゃんは、まるで「蕎麦《そば》が食《た》べられる店《みせ》はどこかね」というくらいに軽《かる》い調子《ちょうし》で聞《き》いてきた。

「ばあちゃん、ぼくの話《はなし》を信《しん》じるの？」

「信《しん》じるよ。聡《さとし》さんは、不思議《ふしぎ》な人《ひと》だったからね。幽霊《ゆうれい》どころか、川《かわ》の神様《かみさま》になっていたとしても、あたしは全《まった》くおどろかないよ」

ぼくと梶野《かじの》くんで、「聡《さとし》さん」に、最後《さいご》に会《あ》った釣《つ》り場《ば》に案内《あんない》した。

ばあちゃんは、途中《とちゅう》から一人で行《い》くと言《い》って、着物《きもの》に草履《ぞうり》のまま、生《は》えている草《くさ》をつかんで、急《きゅう》な土手《どて》の斜面《しゃめん》を下《お》りていった。

梶野《かじの》くんと二人で、土手《どて》の手前《てまえ》にある、ポンプ小屋《ごや》に座《すわ》って待《ま》つことにした。

「ねえ、ばあちゃんは聡《さとし》さんに会《あ》えないよね。ばあちゃんは、聡《さとし》さんのことを知《し》っている人《ひと》だもん」

「ああ……、でも、見《み》えなくてもさ、感《かん》じたりはするんじゃないか」

梶野《かじの》くんが、ぼくをなぐさめるように言《い》った。


三十分《ぷん》くらいして、ばあちゃんが土手《どて》を上《あ》がってきた。

ぼくは、走《はし》って迎《むか》えに行《い》った。

「会《あ》えた？」

ばあちゃんは、見《み》たこともないくらいにこにこして、うれしそうな顔《かお》をしていた。

そして、満足《まんぞく》そうに、こう言《い》ったんだ。

「会《あ》えなかったよ。でも、会《あ》えた」

「えっ、どっちなの？」

ばあちゃんは、にこにこするばかりで、それ以上何《いじょうなに》も教《おし》えてくれなかった。

そのまま、腕時計《うでどけい》を見《み》て、穏《おだ》やかな調子《ちょうし》で家《いえ》に向《む》かって歩《ある》き始《はじ》めた。

「そろそろタクシーが来《く》るはずなんだよ。送《おく》ってくれたタクシーに、迎《むか》えを頼《たの》んでおいたからね」

ぼくは、ばあちゃんについて歩《ある》きながら、前《まえ》からものすごく言《い》いたかったことを話《はな》してみた。

「ねえ、久子《ひさこ》さんと、義一《よしかず》さんのこと、許《ゆる》してあげられないの？」

ぼくの後《うし》ろから、だまって梶野《かじの》くんがついてきた。

「ひどいこと言《い》われたって言《い》うけど、人《ひと》って、びっくりしたり、パニックになった時《とき》に、まちがって、とんでもないことを言《い》ってしまうことがあると思《おも》うんだ。許《ゆる》してあげてよ。義一《よしかず》さんも久子《ひさこ》さんも、すごく後悔《こうかい》してるよ」

でも、ばあちゃんは、首《くび》を横《よこ》に振《ふ》った。

「いや、許《ゆる》さない。どんなに、びっくりしたんだとしても、人《ひと》として言《い》っていいことと悪《わる》いことがある。一度口《いちどくち》にしたら、後《あと》でどんなに謝《あやま》ったって、取《と》り消《け》すことができない言葉《ことば》もあるんだよ」

「だけど、久子《ひさこ》さんなんて、もう亡《な》くなっているのに……」

ばあちゃんは、きびしい口調《くちょう》で言《い》った。

「相手《あいて》が死《し》んでも許《ゆる》さないし、あたしが死《し》んだとしても許《ゆる》さない。ただね、あたしはこうして怒《おこ》ることで、元気《げんき》を出《だ》して生《い》きてきたんだ。これ以外《いがい》の生《い》き方《かた》なんて知《し》らないからね。いつまでも悲《かな》しんだり、しょぼくれて元気《げんき》をなくしているより、こうやって怒《おこ》っている方《ほう》がずっといいと思《おも》うんだよ。だからね……」

立《た》ち止《ど》まると、ばあちゃんは、義一《よしかず》さんのいる家《いえ》の方《ほう》を見《み》て言《い》った。

「怒《おこ》っているけど、恨《うら》んではいないよ」

そして、やってきたタクシーに乗《の》って一人で帰《かえ》っていった。

重《おも》かったお土産《みやげ》の袋《ふくろ》の中《なか》には、大《おお》きな箱《はこ》が入《はい》っていて、あんこたっぷりの最中《もなか》が三十個《こ》もつまっていた。

あんこたっぷりの最中《もなか》は、聡《さとし》さんの好物《こうぶつ》だったんだそうだ。

【梶野篤史《かじのあつし》】

初《はじ》めて見《み》た山口《やまぐち》のばあちゃんは、強烈《きょうれつ》だった。

着物《きもの》を着《き》ているのに、魔女《まじょ》っぽいというか、妖怪感《ようかいかん》がすごかった。

それで、俺《おれ》は、山口《やまぐち》が川《かわ》で会《あ》った「聡《さとし》さん」のことを、何《なに》も変《へん》だと感《かん》じなかった理由《りゆう》が分《わ》かった。普段《ふだん》から、人間離《にんげんばな》れしたばあちゃんと暮《く》らして、感覚《かんかく》がマヒしているんだ。

山口《やまぐち》のばあちゃんが帰《かえ》った後《あと》、家《いえ》の中《なか》がシーンとなった。

義一《よしかず》さんも山口《やまぐち》も、ぼーっとして、セミの抜《ぬ》けがらみたいになっていた。

俺《おれ》は、台所《だいどころ》に二人を呼《よ》び入《い》れて、テーブルに二人が昼《ひる》に食《た》べ残《のこ》していたすし桶《おけ》を並《なら》べ、ポットのお湯《ゆ》で、お吸《す》い物《もの》を作《つく》った。

山口《やまぐち》のばあちゃんの分《ぶん》のすしが丸々残《まるまるのこ》っていたので、なんと俺《おれ》はもう一回《かい》、すしを食《た》べていいことになった。俺《おれ》はウニとイクラが大好《だいす》きなんだが、山口《やまぐち》はウニとイクラが苦手《にがて》で、アナゴと卵《たまご》が好《す》きだっていうから、交換《こうかん》した。

義一《よしかず》さんもウニとイクラが苦手《にがて》だっていうから、俺《おれ》はその日一日《ひにち》で、自分《じぶん》のとばあちゃんのと、山口《やまぐち》と義一《よしかず》さんの分《ぶん》で、ウニとイクラを四カンずつ食《た》べることになった。すし食《た》べ放題《ほうだい》だ。

「俺《おれ》、もっとこっちにいたかったなあ」

俺《おれ》は、たった四日《か》で、もうすっかりなじんだ台所《だいどころ》を見渡《みわた》した。

「そっか、梶野《かじの》くん、あした迎《むか》えに来《き》てもらうんだよね」

山口《やまぐち》が、急《きゅう》に思《おも》いだしたように言《い》った。

義一《よしかず》さんも、慌《あわ》てて立《た》ち上《あ》がった。

「そうじゃ、今晩《こんばん》はごちそうにしようと思《おも》うて、すき焼《や》きの材料《ざいりょう》を用意《ようい》してあるのよ。鶏《とり》じゃのうて、牛肉《ぎゅうにく》のすき焼《や》きじゃ。食《た》べれるかの」

「大丈夫《だいじょうぶ》です。俺《おれ》、いくらでも食《た》べられますから」

二人が、似《に》たような顔《かお》で俺《おれ》を見《み》て笑《わら》った。

夜《よる》は、道場《どうじょう》の駐車場《ちゅうしゃじょう》のところで花火《はなび》をした。

義一《よしかず》さんが、用意《ようい》してくれていたんだ。

「夏休《なつやす》みって感《かん》じだね」

シュボボッと光《ひか》る花火《はなび》を見《み》つめて、山口《やまぐち》がぽつりと言《い》った。

俺《おれ》も、ぼそっとつぶやいた。

「ああ、幽霊《ゆうれい》にも、幽霊《ゆうれい》よりホラーなばあちゃんにも会《あ》えたしな……」

【山口誠矢《やまぐちせいや》】

梶野《かじの》くんは、最後《さいご》の朝《あさ》も、一人で走《はし》りに出《で》ていった。

それから、お父《とう》さんとお母《かあ》さんの車《くるま》が来《く》るぎりぎりまで、川《かわ》で魚釣《さかなつ》りをしたいって言《い》うから、ぼくも一緒《いっしょ》に川《かわ》へ行《い》った。

聡《さとし》さんと最後《さいご》に会《あ》った、家《いえ》から一番近《いちばんちか》い釣《つ》り場《ば》だった。

「『夕鶴《ゆうづる》ルール』だな」

梶野《かじの》くんが、川面《かわも》をゆっくりと流《なが》れる浮《う》きを見《み》つめて言《い》った。

「夕鶴《ゆうづる》ルール？」

「聡《さとし》さんに会《あ》える条件《じょうけん》だよ、今《いま》、俺《おれ》が名《な》づけた」

「正体《しょうたい》を知《し》られてしまったら、もう、会《あ》いには来《こ》られないってこと？」

「いや、来《こ》られないっていうのは、ちがう。最後《さいご》に会《あ》った日《ひ》、俺《おれ》は、ある瞬間《しゅんかん》に『ああ、これは山口《やまぐち》のじいちゃんだな』って確信《かくしん》したんだ。そのとたんに、俺《おれ》には聡《さとし》さんが見《み》えなくなった。声《こえ》も聞《き》こえなくなった。だけど、その後《あと》もお前《まえ》は、まだ話《はな》していたんだよ。何《なん》にも見《み》えない川《かわ》の方《ほう》を向《む》いて、しゃべって、絵《え》を描《か》いて、それから手《て》を振《ふ》っていた。だから……」

「見《み》えないだけで、今《いま》も、聡《さとし》さんがいるかもってこと？」

「そう」

「ここに？」

「うん」

二人で、流《なが》れる川《かわ》を見《み》つめた。

「ぼく、もうちょっと、話《はな》したかったな」

緑色《みどりいろ》の川《かわ》は、生《い》きている大《おお》きな竜《りゅう》みたいに見《み》える。

「聡《さとし》さん、ずっとここにいるのかな」

「引退《いんたい》したこの川《かわ》の『河童《かっぱ》の仕事《しごと》』を引《ひ》き継《つ》いだって言《い》っていたから、それこそ、まだまだ、何《なん》百年《びゃくねん》もいるんじゃないか？」

「何百年《なんびゃくねん》も……」

緑《みどり》の川《かわ》を見《み》ていると、そんなこともあるかも、という気《き》になってくる。

「『河童《かっぱ》の仕事《しごと》』って、溺《おぼ》れている子《こ》どもを助《たす》けたり、あと、わざと脅《おど》かして、川《かわ》の危《あぶ》ない場所《ばしょ》に子《こ》どもを近寄《ちかよ》らせないようにすること、だったっけ？」

聡《さとし》さんと梶野《かじの》くんは、ぼくに聞《き》こえないように、正体《しょうたい》がばれるかばれないか、ぎりぎりの話《はなし》をしていたんだそうだ。

「ああ。俺《おれ》、『仕事《しごと》って、子《こ》どもを川《かわ》に引《ひ》きずりこむとかですか』って聞《き》いちゃってさ、『ちがう、河童《かっぱ》は子《こ》どもを守《まも》っていたんだ』ってめっちゃ怒《おこ》られたよ」

その時《とき》、ぼくの頭《あたま》の中《なか》に、ぱっと不思議《ふしぎ》な風景《ふうけい》が思《おも》い浮《う》かんだ。

それは、何十年《なんじゅうねん》も先《さき》、どこかの河原《かわら》で聡《さとし》さんがぼくみたいな子《こ》どもと話《はなし》をしているところだ。

「ねえ、河童《かっぱ》の仕事《しごと》って、案外《あんがい》、川《かわ》で誰《だれ》かの相談《そうだん》にのることも入《はい》ってたりして……。だって、『夕鶴《ゆうづる》ルール』でいくとさ、聡《さとし》さんってこれからも、全然《ぜんぜん》知《し》らない子《こ》どもや、川《かわ》に遊《あそ》びに来《き》た人《ひと》とは、話《はなし》ができるんでしょ？」

梶野《かじの》くんがうなずいた。

「うん、ありえるな。そもそも、子《こ》どもを守《まも》って亡《な》くなった人《ひと》だから、河童《かっぱ》からスカウトされたのかもしれないな」

きっとそうだ、と思《おも》った。

流《なが》れの真《ま》ん中辺《なかへん》で、梶野《かじの》くんが投《な》げたエサ付《つ》きの浮《う》きがぷかぷかしていた。

川《かわ》は、昨日《きのう》と同《おな》じにおいがしている。

音《おと》も、色《いろ》も、何《なに》も変《か》わらない。

こっちから見《み》えていないだけで、聡《さとし》さんは、今《いま》もそこにいるのかも。

そこで、ぼくは、重大《じゅうだい》なことに気《き》がついて、思《おも》わず叫《さけ》んだ。

「ああっ！」

「な、なんだ？」

「ぼくはもう会《あ》えないけど、兄《にい》ちゃんと、それから母《かあ》さんは、まだ聡《さとし》さんに会《あ》えるってことじゃん！」

「えっ、山口《やまぐち》って、兄貴《あにき》いるの？」

梶野《かじの》くんが、おどろいた顔《かお》で聞《き》き返《かえ》した。

おどろくのも当然《とうぜん》だ。こんなに仲良《なかよ》くなっても、ぼくは、梶野《かじの》くんに、兄《にい》ちゃんのことを一言《ひとこと》も話《はな》していなかったから。

「うん、向《む》こうの家《いえ》にいるんだ」

その後《あと》、いつもなら、ぼくは兄《にい》ちゃんの自慢《じまん》をした。聡《さとし》さんにも、何《なん》でもできるすごい兄《にい》ちゃんなんだって話《はな》した。

でも、ぼくはもう、そういう風《ふう》には言《い》わなかった。

「兄《にい》ちゃんは、小《ちい》さい頃《ころ》から、ずっとぼくの面倒《めんどう》を見《み》てくれてたんだ。その上《うえ》、ぼくが小一《しょう》の時《とき》、父《とう》さんが亡《な》くなって、母《かあ》さんがすっかり元気《げんき》をなくしちゃって。それで、今《いま》のばあちゃんの家《いえ》に、みんなで住《す》むようになったんだけど、兄《にい》ちゃんは毎日《まいにち》、家事《かじ》をやって、ぼくの宿題《しゅくだい》も見《み》てくれてた。でも、今《いま》すごく困《こま》ってるみたいなんだ。ひと月《つき》……、もうふた月《つき》になるのかな、ずっと自分《じぶん》の部屋《へや》にいて、家族《かぞく》とも顔《かお》を合《あ》わせない」

そうだ、兄《にい》ちゃんをここに呼《よ》ぼう。

今《いま》、この時《とき》も、かごに閉《と》じこめられた鳥《とり》みたいに、身動《みうご》きが取《と》れなくなっている兄《にい》ちゃんを、どうにかして、ここへ……。

「そうだったのか……。山口《やまぐち》の兄貴《あにき》も、山口《やまぐち》みたいに、にぶいといいな」

梶野《かじの》くんが、にやっと笑《わら》って言《い》った。

第《だい》六章《しょう》　兄《にい》ちゃんからの「朝顔《あさがお》のハガキ」

【山口誠矢《やまぐちせいや》】

梶野《かじの》くんは、迎《むか》えにきたお母《かあ》さんたちと、にぎやかに帰《かえ》っていった。

梶野《かじの》くんが帰《かえ》ると、日差《ひざ》しが急《きゅう》に弱《よわ》くなった気《き》がした。代《か》わりに、草《くさ》むらで鳴《な》く虫《むし》の声《こえ》が大《おお》きくなった。

ぼくの夏休《なつやす》みにも、終《お》わりが見《み》えてきていた。ぼくらの町《まち》では、二学期《がっき》の開始《かいし》が一週間近《しゅうかんちか》く早《はや》まっているんだ。

座敷《ざしき》でぼんやりしていると、義一《よしかず》さんがやってきた。

「もう、しばらくは、お参《まい》りに来《く》る人《ひと》もおらんじゃろう」

そう言《い》って、仏壇《ぶつだん》の前《まえ》で手《て》を合《あ》わせた。

仏壇《ぶつだん》の扉《とびら》を閉《し》めるんだって分《わ》かったから、ぼくも、前《まえ》に行《い》って手《て》を合《あ》わせた。

写真《しゃしん》の聡《さとし》さんと久子《ひさこ》さんの顔《かお》を、目《め》に焼《や》きつけるようにして見《み》た。写真《しゃしん》の二人は、こっちを向《む》いて静《しず》かにほほ笑《え》んでいた。

扉《とびら》を閉《し》めると、仏壇《ぶつだん》は、取《と》っ手《て》の付《つ》いた座敷《ざしき》の壁《かべ》の一部《いちぶ》みたいになる。

仏壇《ぶつだん》が閉《し》まった座敷《ざしき》に、午後《ごご》の光《ひかり》が斜《なな》めに差《さ》して、葉《は》っぱの影《かげ》ができていた。

軒下《のきした》にずらっと並《なら》べたプランターから、朝顔《あさがお》のツルが伸《の》びているんだ。

葉《は》っぱが緑《みどり》のカーテンになるように、義一《よしかず》さんがネットをつるしてくれていて、種《たね》をまいたのが遅《おそ》かったけど、ツルはもう、ネットの半分《はんぶん》くらいの高《たか》さに伸《の》びている。

花《はな》はまだ、一つも咲《さ》いていない。

ただ、畳《たたみ》の上《うえ》に、たくさんの葉《は》っぱの影《かげ》がうつって風《かぜ》にゆれている。

ぼくは、その影《かげ》を描《か》き始《はじ》めた。

葉《は》っぱと、伸《の》びたツルの影《かげ》の絵《え》だ。

次《つぎ》の日《ひ》も、座敷《ざしき》で葉《は》っぱとツルの影《かげ》を描《か》いた。

畳《たたみ》にうつっているのも描《か》いたし、廊下《ろうか》の柱《はしら》にうつっているのも描《か》いた。

アトリエに行《い》くのも、図書館《としょかん》に行《い》くのもやめて、ただ影《かげ》の絵《え》を描《か》いた。

朝顔《あさがお》のつぼみって、最初《さいしょ》は小《ちい》さい芽《め》みたいに見《み》えるんだ。

それが、後《あと》から膨《ふく》らんできて、やっと、つぼみだって分《わ》かるようになる。


その次《つぎ》の日《ひ》も、ぼくはやっぱり、座敷《ざしき》で朝顔《あさがお》の葉《は》とツルの影《かげ》を描《か》いた。

早《はや》くにできていたつぼみが一つ、急《きゅう》に大《おお》きくなり始《はじ》めた。

花《はな》が開《ひら》くその時《とき》が、だんだん近《ちか》づいてきているのが分《わ》かった。


激《はげ》しい夕立《ゆうだち》があった、次《つぎ》の日《ひ》の朝《あさ》。

ふくらんでいた一つ目《め》のつぼみが開《ひら》いた。

青色《あおいろ》の花《はな》だった。

透明《とうめい》な空《そら》みたいな青色《あおいろ》だ。

朝顔《あさがお》という名《な》の通《とお》りに、ちゃんと朝《あさ》に開《ひら》いた。


「きれいだ」

花《はな》びらはとてもうすくて、ちょっと触《さわ》ったら折《お》り目《め》がついてしまいそうだ。

種《たね》をまいた時《とき》から、ぼくは、朝顔《あさがお》が咲《さ》いたら、その絵《え》を描《か》く気《き》でいたんだ。

楽《たの》しみにもしていた。

でも、開《ひら》いた花《はな》を見《み》たとたん、「描《か》けない」って感《かん》じた。

ものすごく、はっきりと。

この花《はな》の絵《え》を描《か》くべきなのは、ぼくじゃない、って。

午後《ごご》になると、青《あお》かった花《はな》はだんだん紫《むらさき》っぽくなって、しぼんでしまった。

でも、暗《くら》くなった庭《にわ》で、次《つぎ》に開《ひら》くつぼみが、また一つ大《おお》きくなっているのが見《み》えた。つぼみは、たくさんできている。

しぼんでも、しぼんでも、朝顔《あさがお》はこれから毎日《まいにち》、咲《さ》いていくんだ。

「よし」

やっと、兄《にい》ちゃんと話《はな》そうっていう気《き》もちが、固《かた》まってきた。

夜《よる》、ぼくは、義一《よしかず》さんに言《い》って電話《でんわ》を借《か》りた。

借《か》りたっていうか、階段《かいだん》の下《した》のこの家《いえ》の電話《でんわ》を使《つか》わせてもらうことにした。

うちの番号《ばんごう》を押《お》して、ばあちゃんか母《かあ》さんが出《で》るのを待《ま》った。

「はい、山口《やまぐち》です」

出《で》たのは母《かあ》さんだった。

「ぼく、誠矢《せいや》」

ぼくはもう、母《かあ》さんのため息《いき》も、暗《くら》い声《こえ》も聞《き》く気《き》はなかった。

だから、母《かあ》さんが話《はな》しだす前《まえ》に素早《すばや》く言《い》った。

「兄《にい》ちゃんと話《はな》したいんだ。兄《にい》ちゃんを呼《よ》んで、ぼくが話《はな》したがってるって伝《つた》えて」

胸《むね》の真《ま》ん中《なか》で、どくどくと、心臓《しんぞう》が痛《いた》いくらいに激《はげ》しく打《う》ち始《はじ》めた。

「でも……」

「大丈夫《だいじょうぶ》だよ。呼《よ》んでみて」

母《かあ》さんはしばらく悩《なや》んでいた。

ずいぶんためらっていたけれど、それでもついに、「呼《よ》んでみるわ」と言《い》った。

耳《みみ》に当《あ》てた受話器《じゅわき》の向《む》こうで、トントントン、と小《ちい》さく音《おと》が聞《き》こえる。

母《かあ》さんが、階段《かいだん》をのぼっていく音《おと》だ。

家《いえ》の中《なか》で、今《いま》、母《かあ》さんがどこを歩《ある》いているのか、全部分《ぜんぶわ》かる。

電話《でんわ》に兄《にい》ちゃんが出《で》るのを待《ま》っている間《あいだ》、ぼくは目《め》をぎゅっとつむって祈《いの》っていた。

「神様《かみさま》どうか、『本物《ほんもの》の兄《にい》ちゃん』を出《だ》してください」って。

いきなり殴《なぐ》られたあの日《ひ》から、ぼくは、兄《にい》ちゃんのことが、丸《まる》っきり分《わ》からなくなっていた。

兄《にい》ちゃんが、あのまま、怪物《かいぶつ》みたいなものになってしまったらどうしようって、すごく怖《こわ》かった。

でも、兄《にい》ちゃんに本物《ほんもの》も偽物《にせもの》もないよ。

目《め》を見開《みひら》いて、よく考《かんが》えた。

ぼくは、兄《にい》ちゃんにどうなって欲《ほ》しいんだろう。

何《なに》を、期待《きたい》しているんだろう。

兄《にい》ちゃんがどんな風《ふう》になるかなんて、それは兄《にい》ちゃんが、自分《じぶん》で決《き》めることなんじゃないだろうか。

そうじゃなくて、ぼくは、自分《じぶん》がどんなぼくになるかって、そっちを考《かんが》えなきゃいけないんじゃない？

ぼくは……、ぼくは、どんなぼくになる？

頭《あたま》の中《なか》に、朝《あさ》、走《はし》ってへとへとになって帰《かえ》ってきた梶野《かじの》くん、稽古《けいこ》着姿《ぎすがた》で静《しず》かに道場《どうじょう》へ向《む》かう義一《よしかず》さん、怒《おこ》ってハガキを破《やぶ》った時《とき》のばあちゃん、のこぎりでぼくの机《つくえ》を切《き》って疲《つか》れたように笑《わら》っていた母《かあ》さん、舟《ふね》に乗《の》ってすーっと近《ちか》づいてくる聡《さとし》さんの姿《すがた》がいっぺんに思《おも》い浮《う》かんで、ぐるぐるうずまいた。

ふいに、耳元《みみもと》で誰《だれ》かが受話器《じゅわき》を持《も》ち上《あ》げる音《おと》がした。

「……誠矢《せいや》？」

第六章　兄ちゃんからの「朝顔のハガキ」

かすれたような、兄《にい》ちゃんの声《こえ》だった。

頭《あたま》が真《ま》っ白《しろ》になった。

ぼくが受話器《じゅわき》を耳《みみ》に当《あ》てたまま言葉《ことば》につまっていると、兄《にい》ちゃんが先《さき》に言《い》った。

「誠矢《せいや》、ごめんな」

固《かた》まった粘土《ねんど》みたいにカチカチになっていたぼくの心《こころ》の底《そこ》に、兄《にい》ちゃんの「ごめんな」が、ことんと落《お》ちて、転《ころ》がった。

もう一度《いちど》、頭《あたま》の中《なか》に、朝《あさ》、走《はし》ってへとへとになって帰《かえ》ってきた梶野《かじの》くんと、稽古《けいこ》着姿《ぎすがた》で静《しず》かに道場《どうじょう》へ向《む》かう義一《よしかず》さん、怒《おこ》ってハガキを破《やぶ》った時《とき》のばあちゃん、のこぎりでぼくの机《つくえ》を切《き》って疲《つか》れたように笑《わら》っていた母《かあ》さん、舟《ふね》に乗《の》ってすーっと近《ちか》づいてくる聡《さとし》さんの姿《すがた》がいっぺんに浮《う》かんだ。

梶野《かじの》くんなら、笑《わら》って「いいよ」って言《い》う気《き》がする。

義一《よしかず》さんも、「ああ、いいよ」って言《い》うだろう。母《かあ》さんも、疲《つか》れた笑《わら》いを浮《う》かべて許《ゆる》すだろう。

聡《さとし》さんだって、ほほ笑《え》んで許《ゆる》すと思《おも》う。

でも、ばあちゃんなら……。

ばあちゃんが、一言《ひとこと》謝《あやま》られたくらいで許《ゆる》すわけない。

ぼくは、必死《ひっし》に考《かんが》えた。

すると、必死《ひっし》に考《かんが》えていることが、兄《にい》ちゃんをこっちに呼《よ》びたいっていう気《き》もちと、すーっと、奇跡《きせき》みたいに結《むす》びついた。

だから、これしかない、と思《おも》う返事《へんじ》をしたんだ。

「兄《にい》ちゃん、電話《でんわ》で謝《あやま》られたくらいじゃ、ぼくは許《ゆる》せないよ。あの日《ひ》のこと、まだまだ、めちゃくちゃ怒《おこ》ってるんだ。テレビが割《わ》れたの、あれ、ぼくが遊《あそ》んでいて倒《たお》したってことにしてあるんだけど、どうしてあんなことになったのか、母《かあ》さんとばあちゃんに、兄《にい》ちゃんからきちんと話《はな》して。それで、本当《ほんとう》に悪《わる》かったって思《おも》うんなら、電話《でんわ》でじゃなくて、こっちに来《き》て謝《あやま》って。ぼく、朝顔《あさがお》のハガキの人《ひと》の家《いえ》に来《き》てるんだよ。場所《ばしょ》やどうやったら来《こ》られるかは、ばあちゃんが全部《ぜんぶ》知《し》ってるから、とにかく早《はや》く来《き》て」

そこまで言《い》ってから、ぼくは思《おも》いっきり大《おお》きく息《いき》を吸《す》いこんで、受話器越《じゅわきご》しに兄《にい》ちゃんを怒《ど》鳴《な》りつけた。

「じゃないと、ぼく、いつまでも気分悪《きぶんわる》くって、そっちの家《いえ》に帰《かえ》れないんだよ！」

殴《なぐ》られたあの日《ひ》の続《つづ》きを、やり直《なお》しているみたいだった。

そうだ、ぼくは、もっと怒《おこ》ったらよかったんだ。

兄《にい》ちゃんは、ぼくが言《い》ったことを頭《あたま》の中《なか》で整理《せいり》しているようだった。しばらくして、静《しず》かな声《こえ》が受話器《じゅわき》から聞《き》こえた。

「分《わ》かった」

意外《いがい》に、しっかりした声《こえ》だった。

「待《ま》ってる」

ぼくは、それだけ言《い》って、ゆっくりと受話器《じゅわき》を置《お》いた。受話器《じゅわき》を握《にぎ》っていた方《ほう》の手《て》が、汗《あせ》でべとべとになっていた。

義一《よしかず》さんは、ガラス戸《ど》を一枚《まい》へだてただけの、すぐそばの台所《だいどころ》にいた。ぼくがしゃべっていたことも、最後《さいご》に怒鳴《どな》ったことも、全部聞《ぜんぶき》こえていたはずだ。

「誠矢《せいや》くん、アイスクリームを食《た》べんか？」

声《こえ》をかけられて、ぼくは台所《だいどころ》に入《はい》っていった。全力《ぜんりょく》で何《なん》キロも走《はし》った後《あと》みたいに、ふらふらだった。

椅子《いす》に座《すわ》りこむと、義一《よしかず》さんがカップアイスを置《お》いてくれた。

スプーンを持《も》つ手《て》が、わなわなふるえていたけど、どうにかほじくって食《た》べた。

ふるえが収《おさ》まってきて、ふと顔《かお》をあげると、義一《よしかず》さんもアイスを食《た》べていた。

義一《よしかず》さんがアイスクリームを食《た》べるのを、ぼくは、初《はじ》めて見《み》た。

【梶野《かじの》篤史《あつし》】

夏休《なつやす》み最後《さいご》の日曜日《にちようび》。

俺《おれ》は、山口《やまぐち》に呼《よ》びだされて家《いえ》へ行《い》った。

義一《よしかず》さんの家《いえ》じゃなくて、こっちのうちだ。

ちょうど、遊《あそ》びに行《い》かせてもらったお礼《れい》をしたいと思《おも》っていたら、「頼《たの》みたいことがある」って言《い》われたんだ。

山口《やまぐち》の家《いえ》は、木造《もくぞう》の二階建《かいだ》てなんだけど、なかなか味《あじ》わい深《ぶか》いというか、年代《ねんだい》を感《かん》じる建物《たてもの》だった（つまり、ものすごく古《ふる》いってことだ）。

呼《よ》び鈴《りん》を押《お》すと、だだだっとでかい足音《あしおと》がして山口《やまぐち》が顔《かお》を出《だ》してきた。

「入《はい》って入《はい》って！」

「お、おう。こんにちは～」

ガラガラ音《おと》がする引《ひ》き戸《ど》を開《あ》けると、自分《じぶん》ちとはちがう、ひとの家《いえ》のにおいがした。

山口《やまぐち》んちの場合《ばあい》、たばこのにおいだ。

山口《やまぐち》のばあちゃんは、保健師《ほけんし》さんで「たばこは健康《けんこう》に悪《わる》いです、やめましょう」って、人《ひと》にさんざん説教《せっきょう》する仕事《しごと》をしているのに、自分《じぶん》は家《いえ》で思《おも》う存分《ぞんぶん》たばこを吸《す》っているらしい。

「こっちこっち」

連《つ》れられて、ミシミシ音《おと》のする廊下《ろうか》を進《すす》むと、一階《かい》の一番奥《いちばんおく》が山口《やまぐち》の部屋《へや》だった。

入《い》り口《ぐち》はドアなのに、中《なか》は畳《たたみ》で、押《お》し入《い》れもある。

ドラえもんに出《で》てくる、のび太《た》の部屋《へや》みたいだ。

中《なか》に入《はい》ってみると、のこぎりで真《ま》っ二《ぷた》つにされた勉強机《べんきょうづくえ》が、力尽《ちからつ》きたように倒《たお》れていた。

「これを、どうにかしたいんだよね」

「どうにかって、直《なお》すのか？」

どうやっても、もはや修復《しゅうふく》できそうには見《み》えなかった。

「ううん、あきらめて捨《す》てるんだよ。細《こま》かく切《き》って、指定《してい》のゴミ袋《ぶくろ》に入《はい》る大《おお》きさにできたら、燃《も》えるゴミの日《ひ》に出《だ》してもいいんだって。だから、のこぎりで切《き》るのを手伝《てつだ》って欲《ほ》しくて」

「ああ……」

納得《なっとく》した。

軍手《ぐんて》をして、マスクもして、交代《こうたい》で、必死《ひっし》にのこぎりをひいた。

「はあはあ、あっつ、すげえ汗《あせ》出《で》てきた。これ、お母《かあ》さんが切《き》ったんだっけ？」

「うん、ばあちゃんに命令《めいれい》された母《かあ》さん」

「そっか、大変《たいへん》だっただろうな～、大仕事《おおしごと》だぜ、これ」

一時間《じかん》ほどがんばって、やっと、半分《はんぶん》の大《おお》きさにまで解体《かいたい》することができた。

山口《やまぐち》が、水《みず》をかぶったみたいに汗《あせ》だくの顔《かお》で（俺《おれ》もだが……）、言《い》った。

「ふう、疲《つか》れたね。台所《だいどころ》に行《い》って、何《なに》か冷《つめ》たいもの飲《の》もっか」

「おお」

山口《やまぐち》について部屋《へや》を出《で》ると、家《いえ》の中《なか》はシンとしていた。あちこち窓《まど》が開《あ》いていて、エアコンはついていないけど、案外涼《あんがいすず》しい。

すぐ裏《うら》が山《やま》だから、家全体《いえぜんたい》が木《き》の陰《かげ》に入《はい》っているんだろう。

四人《にん》がけのテーブルに、山口《やまぐち》がコップを二つ出《だ》して、氷《こおり》を山盛《やまも》り入《い》れてくれた。

「今日《きょう》、家《いえ》の人《ひと》いないのか？」

山口《やまぐち》がコーラを注《そそ》ぐと、山盛《やまも》りだった氷《こおり》が溶《と》けて、ちょうどいい量《りょう》になった。

「うん。ばあちゃんは友《とも》だちと、昔《むかし》の映画《えいが》を観《み》に行《い》くって言《い》ってた。ばあちゃん、あんな性格《せいかく》だけど友《とも》だち多《おお》いんだよね。母《かあ》さんは普通《ふつう》に仕事《しごと》。看護師《かんごし》さんだから、日曜《にちよう》でも忙《いそが》しいんだ。それより、見《み》てよあれ」

山口《やまぐち》が指《ゆび》さす先《さき》を見《み》て、俺《おれ》は、思《おも》わずコップを落《お》としそうになった。

裸《はだか》の女《おんな》の人《ひと》の絵《え》が、壁《かべ》の高《たか》いところに飾《かざ》られていたんだ。

椅子《いす》に腰《こし》かけて、ゆるく足《あし》を組《く》んだポーズの、真《ま》っ裸《ぱだか》の女《おんな》の人《ひと》が、こっちを向《む》いてほほ笑《え》んでいる。

「こ、これ、あの時《とき》の？」

「そう。『子《こ》どもには見《み》せられないね』なんて言《い》ってたのに、『やっぱり飾《かざ》らなきゃもったいない』んだって」

「うわあ、なんか、ものすごく落《お》ち着《つ》かないなあ」

「ばあちゃんの裸《はだか》なんだよ、ぼくは、もっと落《お》ち着《つ》かないよ」

山口《やまぐち》は、はあっと、深《ふか》くため息《いき》をついた。

「でも、この家《いえ》は、ばあちゃんのお城《しろ》だから、ばあちゃんが好《す》きにしたらいいんだ」

山口《やまぐち》は、裸《はだか》の絵《え》を見《み》ながら、妙《みょう》にさわやかにほほ笑《え》んだ。俺《おれ》はちらちら絵《え》を見《み》ながら、コーラをちびちび飲《の》んだ。

それからふと気《き》になって、聞《き》いてみた。

「えっ、家《いえ》の人《ひと》いないって、兄《にい》ちゃんも？」

俺《おれ》は、義一《よしかず》さんの家《いえ》から帰《かえ》る最後《さいご》の日《ひ》まで、山口《やまぐち》に兄貴《あにき》がいることを知《し》らなかったんだ。

ずっと部屋《へや》にいて、家族《かぞく》とも顔《かお》を合《あ》わせないって話《はなし》だったから、何《なに》か訳《わけ》ありなんだろうけど、聞《き》いたらまずかっただろうか。

俺《おれ》の心配《しんぱい》をよそに、山口《やまぐち》は明《あか》るい声《こえ》で答《こた》えた。

「うん、兄《にい》ちゃんもいないんだ」

そして、棚《たな》の上《うえ》からハガキを一枚《まい》取《と》ってきて見《み》せた。

「これ、兄《にい》ちゃんが送《おく》ってくれたんだ。昨日《きのう》届《とど》いた」

その絵《え》を見《み》て、俺《おれ》は思《おも》わず息《いき》をのんだ。

ハガキには、すっと正面《しょうめん》を向《む》いた朝顔《あさがお》の絵《え》が描《か》かれていた。

ひんやりした夏《なつ》の朝《あさ》の空気《くうき》がにおってくるような、透《す》き通《とお》った青色《あおいろ》の花《はな》の絵《え》だ。

「うえ、これ、兄《にい》ちゃんが描《か》いたのか、めちゃくちゃうまいなあ」

山口《やまぐち》は、悔《くや》しそうにうなずいた。

「うん。ぼくの絵《え》と全然《ぜんぜん》ちがうでしょ」

俺《おれ》はうなってしまった。

山口《やまぐち》だってうまいんだ。

でも、この絵《え》はなんて言《い》うか……、そうだ、色《いろ》っぽいんだ。

「山口《やまぐち》の兄《にい》ちゃんは、すごく繊細《せんさい》な人《ひと》なんだろうな。会《あ》ったことないけど、なんか、この絵《え》を見《み》たら分《わ》かるわ」

山口《やまぐち》の兄《にい》ちゃんは、今《いま》、山口《やまぐち》と入《い》れ替《か》わりに、義一《よしかず》さんのところに行《い》っているんだそうだ。

「うまく呼《よ》べたんだな。よかったな」

「うん、それに……」

山口《やまぐち》が、ふと含《ふく》みのある笑《え》みを浮《う》かべた。

「兄《にい》ちゃんには、ぼくが梶野《かじの》くんに送《おく》ってたみたいに、毎日《まいにち》、絵《え》を描《か》いてぼくに送《おく》るように言《い》ってあるんだ。朝顔《あさがお》の最後《さいご》の一つが咲《さ》き終《お》わるまでってことにしたんだけど、遅《おそ》くに植《う》えた朝《あさ》顔《がお》って、十月でも花《はな》が咲《さ》くみたいだから、まだまだいっぱい描《か》かなきゃいけないはずだよ」

なんだろう、山口《やまぐち》から、あの強烈《きょうれつ》なばあちゃんみたいな、やばい気配《けはい》を感《かん》じる。

「で、こっちはぼくが描《か》いた最後《さいご》のハガキ」

山口《やまぐち》が、別《べつ》のハガキを取《と》ってきた。

「もう、ポストに入《い》れるより、会《あ》って渡《わた》した方《ほう》が早《はや》そうだったから」

「えっ、これ、俺《おれ》？」

あの川沿《かわぞ》いの道《みち》を、朝日《あさひ》に向《む》かって走《はし》っている、俺《おれ》の後《うし》ろ姿《すがた》が描《か》かれていた。

斜《なな》めに差《さ》してくる朝《あさ》の光《ひかり》に、影《かげ》が長《なが》く伸《の》びていて、ものすごくかっこいい。

「最後《さいご》の一枚《まい》はこれなのか。えー、俺《おれ》、すげえかっこいいじゃん！」

「梶野《かじの》くんは、かっこいいよ」

「えっ……？」

俺《おれ》は、思《おも》わず赤《あか》くなった。

山口《やまぐち》ってこういう、人《ひと》が赤面《せきめん》してしまうようなことを、さらっと言《い》うんだよな。

「梶野《かじの》くん、夏休《なつやす》みが終《お》わっても、朝走《あさはし》るの？」

「それなんだ、どうしようかと思《おも》ってて。でも、これ見《み》たら、もうちょっと続《つづ》けようかって気《き》になっちゃうなあ」

俺《おれ》は、まだちょっと照《て》れたまま、山口《やまぐち》が描《か》いてくれた絵《え》に見入《みい》った。

絵《え》に描《か》かれている川《かわ》の中《なか》で、見《み》えない聡《さとし》さんが、笑《わら》っているような気《き》がした。

【山口誠矢《やまぐちせいや》】

義一《よしかず》さんの家《いえ》に兄《にい》ちゃんが来《く》る日《ひ》の朝《あさ》、軒下《のきした》の朝顔《あさがお》の花《はな》が、びっくりするくらいたくさん咲《さ》いた。

ピンク、白《しろ》、青《あお》、縁《ふち》が白《しろ》いのや、筋《すじ》が入《はい》ったようなのもあった。

ぼくには、その花《はな》が、全部《ぜんぶ》、亡《な》くなった久子《ひさこ》さんの顔《かお》みたいに見《み》えた。

「久子《ひさこ》さんに、会《あ》ってみたかったな」

ぼくがそう言《い》ったら、義一《よしかず》さんが、少《すこ》し久子《ひさこ》さんの話《はなし》をしてくれた。

久子《ひさこ》さんと義一《よしかず》さんは、何度《なんど》か、ぼくらの家《いえ》の近所《きんじょ》に来《き》ていたんだって。

「こっそり見《み》に行《い》くなど、悪《わる》いことのような気《き》がしたんじゃが、一人息子《むすこ》が亡《な》くなってしまって、本当《ほんとう》に二人きりじゃったから、さみしくてな。偶然《ぐうぜん》にでも、子《こ》どもたちの姿《すがた》を見《み》ることができんじゃろうかと、近《ちか》くの公園《こうえん》で一日座《いちにちすわ》って待《ま》っていたこともあるよ」

公園《こうえん》で、ぽつんと座《すわ》っている二人を思《おも》い浮《う》かべると、ぼくまでつらい気《き》がした。

義一《よしかず》さんは話《はなし》を続《つづ》けた。

「家《いえ》に行《い》っても、初枝《はつえ》さんは、決《けっ》して会《あ》ってくれなかったからの。じゃが、去年《きょねん》の夏休《なつやす》みじゃった。初枝《はつえ》さんに追《お》い返《かえ》されたすぐ後《あと》にな、誠矢《せいや》くんと、流唯《るい》くんが、家《いえ》へ走《はし》って入《はい》っていくのとすれちがったんじゃ。二人とも仲良《なかよ》さそうに笑《わら》っておった」

「えっ、ぼく、全然覚《ぜんぜんおぼ》えてない」

「こっちも、声《こえ》はかけなんだからな。じゃが、それだけでも、わしらにはうれしくてな、久子《ひさこ》など、涙《なみだ》を流《なが》して喜《よろこ》んでおったよ。いい兄弟《きょうだい》じゃ、幸《しあわ》せに、元気《げんき》に大《おお》きくなって欲《ほ》しいと言《い》うとった」

「そうだったんだ……」

兄《にい》ちゃんを迎《むか》えるように咲《さ》いた朝顔《あさがお》の花《はな》は、どれもすごくきれいで、ぴかぴかに輝《かがや》いて見《み》えた。

兄《にい》ちゃんは、母《かあ》さんと二人で、あの無人駅《むじんえき》にやってきた。

義一《よしかず》さんと一緒《いっしょ》に、ぼくも車《くるま》で迎《むか》えに行《い》った。

ちょっと見《み》なかっただけなのに、兄《にい》ちゃんは背《せ》が伸《の》びていた。

顔《かお》がやせて、髪《かみ》が長《なが》くなったせいで、ますます「川《かわ》の人《ひと》」に、つまり「聡《さとし》さん」に似《に》てきていた。

机《つくえ》を壊《こわ》したり、物《もの》を投《な》げたり、ぼくには平気《へいき》でひどいことをするばあちゃんが、兄《にい》ちゃんには、あまり強《つよ》く言《い》えないのは、兄《にい》ちゃんが聡《さとし》さんにそっくりだからかもしれない。

「誠矢《せいや》、悪《わる》かった」

無人駅《むじんえき》の改札《かいさつ》を出《で》たところですぐ、兄《にい》ちゃんは、荷物《にもつ》を持《も》ったままぼくに謝《あやま》った。

それから、そばに母《かあ》さんと義一《よしかず》さんがいるのに、どうしてあんなことになったのかを、全部《ぜんぶ》話《はな》し始《はじ》めた。

兄《にい》ちゃんは学校《がっこう》で、好《す》きな先輩《せんぱい》ができたんだ。

でも、そのせいで、よくない先輩《せんぱい》グループにとんでもない弱《よわ》みを握《にぎ》られてしまって、外《そと》に出《で》たら、そいつらの命令《めいれい》を聞《き》くしかない状況《じょうきょう》になっているんだそうだ。

兄《にい》ちゃんは、無理《むり》やり万引《まんび》きさせられた日《ひ》のことも、それをぼくに見《み》られて、どんな気《き》がしたかってことも話《はな》した。

家《いえ》に帰《かえ》って、どうにか言《い》い訳《わけ》をしようとしたら、弟《おとうと》のぼくに、全《まった》く正《ただ》しい反応《はんのう》をされてしまって、思《おも》わず殴《なぐ》ったことも。

その後《あと》、とんでもない自己嫌悪《じこけんお》におちいって、もう、死《し》にたい、消《き》えてしまいたいって思《おも》いつめたことも、全部《ぜんぶ》、母《かあ》さんと義一《よしかず》さんの前《まえ》で、告白《こくはく》した。

兄《にい》ちゃんは、自分《じぶん》がやったことを人《ひと》の前《まえ》で話《はな》すことが、自分《じぶん》への罰《ばつ》だって思《おも》っているみたいだった。

全部話《ぜんぶはな》し終《お》わった後《あと》、兄《にい》ちゃんは真《ま》っすぐにぼくを見《み》た。

その目《め》を見《み》たら、兄《にい》ちゃんが「全部話《ぜんぶはな》したら、ぼくの顔《かお》をちゃんと見《み》る」って、決心《けっしん》してここに来《き》たんだって分《わ》かった。

ばあちゃんとはちがって、ぼくは許《ゆる》せた。

だから、ぼくは兄《にい》ちゃんに抱《だ》きついた。

「ちゃんと、兄《にい》ちゃんだ」

久《ひさ》しぶりに兄《にい》ちゃんの服《ふく》のにおいをかいだら、心底《しんそこ》ほっとした。

「でも、もう、ぼくのために、『いい兄《にい》ちゃん』をやらなくてもいいよ」

ぼくは兄《にい》ちゃんから体《からだ》を離《はな》して言《い》った。

「兄《にい》ちゃんは思《おも》いっきり自由《じゆう》に、好《す》きな自分《じぶん》になってよ。ぼくも自分《じぶん》で考《かんが》えて、好《す》きな自分《じぶん》になる」

夏休《なつやす》みの終《お》わりの無人駅《むじんえき》の駐車場《ちゅうしゃじょう》に、ぼくと兄《にい》ちゃんと、母《かあ》さんと義一《よしかず》さんの、四人《にん》の影《かげ》がくっきり落《お》ちていた。

その晩《ばん》だけ、義一《よしかず》さんの家《いえ》に母《かあ》さんも泊《と》まって、ぼくは兄《にい》ちゃんと二人で寝《ね》た。

次《つぎ》の日《ひ》には、ぼくは、母《かあ》さんと二人でこっちに帰《かえ》ってきたんだ。

兄《にい》ちゃんには、毎日《まいにち》一枚《まい》、絵《え》を描《か》いて送《おく》るように約束《やくそく》させてきた。

ぼくが、梶野《かじの》くんに送《おく》ったようにだ。

期間《きかん》は、軒下《のきした》の朝顔《あさがお》の花《はな》が咲《さ》いている間《あいだ》ずっと、ってことにしてある。

兄《にい》ちゃんは、一人で川《かわ》に行《い》って、きっと聡《さとし》さんに会《あ》うと思《おも》う。

二人が話《はな》しているところを想像《そうぞう》すると、笑《わら》いだしたいような、変《へん》な気《き》もちになる。

兄《にい》ちゃんが落《お》ち着《つ》いたら、母《かあ》さんも会《あ》いに行《い》くといいって思《おも》っている。

そして今日《きょう》は、夏休《なつやす》み最後《さいご》の日曜日《にちようび》。

台所《だいどころ》で、ぼくは、せっせと白菜《はくさい》とネギを切《き》っていた。

壁《かべ》の絵《え》の中《なか》で、桃色《ももいろ》の体《からだ》をばーんと見《み》せつけるように、裸《はだか》のばあちゃんが、ほほ笑《え》んでいる。

「ただいまー、帰《かえ》ったよー」

ばあちゃんが帰《かえ》ってきた。

玄関《げんかん》の引《ひ》き戸《ど》が、勢《いきお》いよく開《あ》けられる。

がらがらがらって、相変《あいか》わらずカミナリみたいなすごい音《おと》だ。

「おかえり。今日《きょう》は、鶏《とり》のすき焼《や》きだよ。義一《よしかず》さんとこで食《た》べさせてもらったの、おいしかったから」

ばあちゃんは、ちょっと眉間《みけん》にしわを寄《よ》せたけど、何《なに》も言《い》わなかった。

それどころか、ぼくにプレゼントがあるって言《い》うんだ。

テーブルに置《お》かれたのは、ぼくから取《と》り上《あ》げていた通帳《つうちょう》と、新《あたら》しいスケッチブックだった。

あの引《ひ》き出《だ》しから出《で》てきたのとそっくりな、オリーブ色《いろ》のものだ。

しかも、三冊《さつ》。

「白井《しらい》のじいさんに聞《き》いたよ。毎日毎日《まいにちまいにち》、絵《え》を描《か》いていたってさ。こっちでも、いっぱい絵《え》を描《か》きな」

ぼくは、兄《にい》ちゃんのすごい朝顔《あさがお》の絵《え》を見《み》て、ちょっと不安《ふあん》になっていた。

「うれしいけど、ぼく、大丈夫《だいじょうぶ》なのかな。いつか、兄《にい》ちゃんみたいにうまく描《か》けるようになるのかな」

するとさ、ばあちゃんはぼくの方《ほう》を、ちらっと見《み》て言《い》った。

「昔《むかし》、聡《さとし》さんが言《い》っていたけど、絵《え》には、うまいとか下手《へた》とか、全《まった》くないらしいよ。どんな絵《え》を『いい絵《え》』と呼《よ》ぶのか、どこにも答《こた》えがない世界《せかい》なんだって。だから、あんたは、流唯《るい》とはちがう絵《え》を描《か》く、それでいいんだ」

なかなかいいことを言《い》うなあ、って思《おも》ったとたん、ばあちゃんは、たばこにボシュっと火《ひ》をつけて、鼻《はな》からふんっと煙《けむり》を出《だ》した。

ぼくは、手《て》で煙《けむり》を払《はら》いながら言《い》った。

「ばあちゃん、ここでたばこ吸《す》うのやめてよ。健康《けんこう》に悪《わる》いし、まわりの人《ひと》にも害《がい》があるって、ばあちゃん、仕事《しごと》でいつも人《ひと》に話《はな》してるんでしょ」

「……」

そっぽを向《む》いて返事《へんじ》をしないばあちゃんに、ぼくは、考《かんが》えていた決定的《けっていてき》な一言《ひとこと》をためすことにした。

「言《い》うこと聞《き》かないんなら、あそこの裸《はだか》の絵《え》、ばあちゃんが居《い》ない時《とき》に、ぼくが服《ふく》を描《か》き足《た》しちゃうよ」

「落書《らくが》き宣言《せんげん》」をして脅《おど》すと、ばあちゃんは「信《しん》じられない」という顔《かお》になった。ぼくがそんな脅《おど》しを思《おも》いつくなんて、思《おも》いもしなかったんだろう。しばらくぼくの顔《かお》を見《み》つめて、固《かた》まっていた。

それから、悔《くや》しそうに「ちっ」って舌打《したう》ちしながら、たばこの火《ひ》を消《け》したんだ。

やった、ついに、ばあちゃんに勝《か》った。

聡《さとし》さんが描《か》いた絵《え》をうまく使《つか》って、ばあちゃんにはもう禁煙《きんえん》してもらおうと思《おも》っている。

すぐ後《あと》、母《かあ》さんも仕事《しごと》から帰《かえ》ってきて、三人《にん》で、鶏《とり》のすき焼《や》きを食《た》べた。

ばあちゃんは、「うまい」って何度《なんど》も言《い》って、たくさん食《た》べた。

めずらしく、母《かあ》さんもいっぱい食《た》べていた。


ごはんの後《あと》、ぼくは自分《じぶん》の部屋《へや》へ入《はい》って、ほっと息《いき》をついた。

昼《ひる》の間《あいだ》に、梶野《かじの》くんが来《き》て手伝《てつだ》ってくれたから、部屋《へや》はすっかり片《かた》づいている。

梶野《かじの》くんには、本当《ほんとう》に感謝《かんしゃ》してる。

十月の運動会《うんどうかい》で、梶野《かじの》くんが走《はし》るのを、ぼくは楽《たの》しみにしているんだ。

あんなに走《はし》ってるんだから、すごく速《はや》くなっているかもしれない。

やっぱり、あんまり速《はや》くなってないのかもしれない。

でも、速《はや》くても遅《おそ》くてもぼくは応援《おうえん》するし、梶野《かじの》くんはきっと、すごくかっこよく走《はし》るって、ぼくには分《わ》かる。

部屋《へや》の真《ま》ん中《なか》には、倉庫《そうこ》から見《み》つけて持《も》ってきた丸《まる》いちゃぶ台《だい》が置《お》いてある。かなり古《ふる》いものだけど、大《おお》きいからいろいろ作業《さぎょう》もしやすいし、これからはこれでいい。

ちゃぶ台《だい》の前《まえ》に座《すわ》りこんで、兄《にい》ちゃんから届《とど》いた、朝顔《あさがお》のハガキを眺《なが》めた。

網戸《あみど》から、すーっと、夜《よる》の風《かぜ》が入《はい》ってくる。

ハガキに描《か》かれた青《あお》い絵《え》の朝顔《あさがお》が、ふわっとゆれたような気《き》がした。

「やっぱり……、うまいなあ」

その、ものすごくうまく描《か》かれた朝顔《あさがお》のハガキを、ぼくはダンボールの箱《はこ》の中《なか》に入《い》れた。

箱《はこ》にはマジックで、でっかく「**兄《にい》ちゃんボックス**」って書《か》いてある。

ちゃぶ台《だい》に向《む》き直《なお》ると、ぼくは、自分《じぶん》のスケッチブックを開《ひら》いた。ばあちゃんがくれた、新《あたら》しいスケッチブックだ。

ざらっとした紙《かみ》の表面《ひょうめん》を、そっと手《て》でなでる。

思《おも》わず、声《こえ》が出《で》た。

「ほんとに、真《ま》っ白《しろ》だ」

少《すこ》し不安《ふあん》で、同《おな》じくらいわくわくする。
そんな、まだ何《なに》も描《か》かれていない真《ま》っ白《しろ》な気《き》もちに、ぼくはやっと、たどりつけたんだ。

（おわり）

作　**山下　みゆき**

広島県生まれ。神戸大学大学院自然科学研究科修士課程修了。私立高校に8年間勤務、生物を教える。2019年、本作で第10回朝日学生新聞社児童文学賞を受賞。『ラストで君は「まさか！」と言う～不思議議な友だち』（PHP研究所・2020年2月発売）に短編作品を収録。日本児童文芸家協会会員。童話サークルわらしべ所属。

装画　**ゆの**

1989年生まれ東京都在中。セツモードセミナー卒業後、2012年からフリーのイラストレーターとして、アニメタイアップのグッズイラストや音楽MVなど、多岐にわたり活動している。
［Web］ yuno.jpn.com

朝顔のハガキ

2020年3月31日　初版第1刷発行
2022年2月28日　　　第2刷発行

著者　山下　みゆき
装画　ゆの
デザイン　村上　史恵
編集　戸井田　紗耶香
発行者　清田　哲
発行所　朝日学生新聞社
〒104-8433　東京都中央区築地5-3-2 朝日新聞社新館9階
電話　03-3545-5436　　www.asagaku.jp
印刷所　シナノパブリッシングプレス

ISBN 978-4-909876-10-2　C8093　NDC 913
乱丁、落丁はお取替えいたします。

第10回朝日学生新聞社児童文学賞受賞作品
朝日小学生新聞2019年10月～12月の連載「朝顔のハガキ」を再構成しました。

子どもたちと選んだ！

朝日学生新聞社児童文学賞　受賞作

第１回受賞作
『ゴエさん　大泥棒の長い約束』（作・結城乃香、絵・星野イクミ）

第２回受賞作
『いつでもだれかの味方です～大江ノ木小応援部』（作・田中直子、絵・下平けーすけ）

第３回受賞作
『僕たちのブルーラリー』（作・衛藤圭、絵・片桐満夕）

第４回受賞作
『星空点呼　折りたたみ傘を探して』（作・嘉成晴香、絵・柴田純与）

第５回受賞作
『言葉屋　言箱と言珠のひみつ』
（作・久米絵美里、絵・もとやままさこ）

５年生の詠子のおばあちゃんの仕事は、町の小さな雑貨屋さん。……と思いきや、本業は、「言葉を口にする勇気」と「言葉を口にしない勇気」を提供する言葉屋だった!

言葉屋は、シリーズ７巻まで好評発売中！

第６回受賞作
『ガラスのベーゴマ』
（作・槿なほ、絵・久永フミノ）

５年生の蓮人が引っ越したある町には色濃く戦争の傷跡が残されていて……。戦争と家族の絆を描くやさしい物語。

第７回受賞作
『ゆくぞ、やるぞ、てつじだぞ!』
（作・ゆき、絵・かわいみな）

勉強はいまいち、運動もさっぱり、５年生のてつじが仲間たちと繰り広げるユーモアいっぱいの物語。

第８回受賞作
『グランパと僕らの宝探し～ドゥリンビルの仲間たち～』
（作・大矢純子、絵・みしまゆかり）

オーストラリアに住む５年生のジュンヤ。クラスメイトとうまくいかない日々のなか、転校生のジェイソンとともに試練に立ち向かう。

第９回受賞作
『おばあちゃん、わたしを忘れてもいいよ』
（作・緒川さよ、絵・久永フミノ）

認知症になったおばあちゃんに戸惑う５年生の辰子。ある日、「魔法の呪文」でおばあちゃんの記憶の回線がつながって!?